KB144464

첫 번째

꿈많은 아빠와 딸의 꿈같은 여행

댄싱 위드 파파

Dancing with PAPA

댄싱 위드 파파

꿈많은 아빠와 딸의 꿈같은 여행

2016. 3. 24. 1판 1쇄 발행
2016. 12. 12. 1판 2쇄 발행

지은이 │ 이규선, 이슬기
펴낸이 │ 이종춘
펴낸곳 │ [BM] 주식회사 성안당
주소 │ 04032 서울시 마포구 양화로 127 첨단빌딩 5층(출판기획 R&D 센터)
10881 경기도 파주시 문발로 112 출판문화정보산업단지(제작 및 물류)
전화 │ 02) 3142-0036
031) 950-6300
팩스 │ 031) 955-0510
등록 │ 1973. 2. 1. 제406-2005-000046호
출판사 홈페이지 │ www.cyber.co.kr
ISBN │ 978-89-315-8005-1 (03810)
정가 │ 15,800원

저자와의
협의하에
인지생략

이 책을 만든 사람들
책임 │ 최옥현
기획·진행 │ 정지현
일러스트 │ dailylive
본문 디자인 │ 박혜진
표지 디자인 │ 김희연
홍보 │ 박연주
국제부 │ 이선민, 조혜란, 고운채, 김해영, 김필호
마케팅 │ 구본철, 차정욱, 나진호, 이동후, 강호묵
제작 │ 긴유서

첫 번째

꿈많은 아빠와 딸의 꿈같은 여행

댄싱 위드 파파

Dancing with PAPA

아빠 **이규선** · 딸 **이슬기**

세상의 모든 아빠와 딸에게 드리는 편지

Time flies and never returns, 시간은 흘러 다시 돌아오지 않지만
Memory stays and never departs, 추억은 남아 절대 떠나가지 않는다.

그렇다.
이 글은 뻔한 이야기이다.
아빠와 딸의 사소한 일상 이야기가 전부일지 모른다.

하지만 우리의 이 이야기가 당신의 딸에게, 당신의 아버지에게
한발 다가가도록 하는 무언가가 된다면, 그것만으로도 충분하다.
정말 필요한 것들이 점점 결핍되어 가는 이 세상에서 말이다.

먼 훗날
길을 걷다가 불현듯이
바람에 실려 오는 시원하고도 따뜻한 향을 잠시 눈을 감고 킁킁거릴 때
눈물이 살짝 맺히고 살며시 미소 짓게 하는
그런 추억 중 하나가
내가 제일 사랑하는 아빠와의
내가 제일 사랑하는 딸과의
사소하고도 사소한 서로만 들었던 비밀 이야기였으면,
아는 잠버릇이었으면,
느꼈던 마주잡은 손의 뜨거운 온기였으면.

그 정도만 있다면

그것이 내 아이에게, 내 아이의 아이에게

여름날 저녁 밤 지겹도록 듣고 들려줄 수 있는 이야기라면 참 좋겠다.

누군가에게

힘이 되었으면 하는 마음으로,

저만치 치워두었던 생각과 꿈을 끄집어내고 싶은 바람으로,

혹은 새로운 꿈을 꾸었으면 하는 욕심으로,

그리고

내 사람들과의 사랑만큼은 풍족하길 바라는 간절한 소망을 가지고,

또 다른 시작을 하고자 한다.

아빠,

행복하자, 잘 살자.

아빠, 우린 춤을 추자.

꿈 많은 아빠와 딸의 꿈같은 여행 이야기의 시작을 알리며,

댄싱 위드 파파, Dancing with PAPA.

Contents

프롤로그 · 세상의 모든 아빠와 딸에게 드리는 편지

아시아

인
도
•

아시아

네
팔
•

에필로그 · 진짜 여행의 시작

댄싱 위드 파파
Dancing with PAPA

우리가 어쩌다 이토록 친해졌을까.

．
．
．

/ 아시아 /

인도 • 네팔 • 중국

댄싱 위드 파파

Dancing with PAPA

⋮

인도

India

늦바람이 무섭다

인도는 참 묘한 매력을 지닌 나라이다. 마치 생텍쥐페리의
『어린왕자』를 읽을 때마다 다가오는 의미가 점점 커지듯 우리의 인도 여행도
시간이 흐를수록 점점 더 아름다운 추억으로 그리고 그리움으로 다가왔다.

머리털 나고 배낭여행이 처음인 아빠와 가방 싸서 집만 나서면 배낭여행이라고
믿는 딸이 처음으로 함께한 여행은 바로, 인도였다.

배낭여행자의 종착지, 인도

이 말의 의미를 어렴풋이나마 짐작할 수 있었다면, 아빠와 나는 이 여행을 시작
했을까. 처음이라 아무것도 몰랐기에 "아빠, 우리 한 번 가볼까?"로 그냥 무심코
시작된 인도 여행. 류시화 시인의 『하늘 호수로 떠난 여행』이 심어준 인도에 대한
동화적 환상만으로 우리는 무작정 인도로 갔다.

나는 여행의 맛을 몰랐다. 운 좋게 '그 일'을 겪기 전까지는 국내 여행도 혼자 못하는 여행 바보였다.

스무 살, 여름.

일단 대학만 들어가면 그 뒤는 알아서 다 해결된다는 어른들의 뻥을 찰떡같이 믿고서는 거실 돗자리에 누워 하염없이 뒹굴거리는 나를 보고 엄마는 그럴 거면 차라리 어디 놀러라도 가라고 했다. 더울 때에는 그저 집에 있는 게 최고라고 생각했지만 우선 수다 친구들에게 단체 문자를 보냈다. "뭐해? 놀러 갈까?"
그러나 역시 귀차니즘과 집 나가면 개고생이라는 생각에 나와 친구들은 고작 심야 영화를 보고, 친구 방에서 맥주를 홀짝거리며 수다를 떨다 잠드는 것을 몇 번 반복하는 것으로 그렇게 내 스무 살 여름은 지나갔다.

누군가가 나를 어쩔 수 없이 외국으로 나가게 만든 '그 일'이 없었다면 나는 아직도 여행 바보로 살고 있을지도 모른다. 우연히 응모한 YBM어학원의 '중국 베이징 6주 여행 이벤트'에 당첨되지 않았더라면. '미국 하와이 교환 학생 프로그램'에 합격하지 않았더라면 말이다.
이것들을 계기로 울타리 밖으로 나가길 꺼려하던 '우물 안 개구리'는 울타리 안에서는 심심해 나가고 싶어 어쩔 줄 모르는 '고삐 풀린 망아지'가 되어버렸다.

이런 나를 모르는 채로 살았으면 더 좋았을까.
그런 '나'인 채 살았어도 그게 '나'였을까.

우리는 어떻게 다시 친해졌을까

어린 시절 아빠와 나는 정말 친했다. 엄마의 말에 의하면 나는 아빠 옆에 늘 껌딱지처럼 붙어있었다고 한다. 심지어 아빠가 화장실이라도 갈라치면 내가 금세 울음을 터트려 아빠는 볼일을 볼 때도 문을 살짝 열어놔야 했다고 한다.

아빠와 나는 자주 놀이터에 함께 나가 흙장난을 쳤고, 가을이면 아파트 옆 코스모스 가득한 철길에서 잠자리채를 들고 이리저리 쏘다녔다. 초록 풀밭이 보이면 몇 시간씩 쪼그려 앉아 네잎클로버도 찾았다. 네잎클로버가 보이지 않아 입을 삐죽거리고 있으면 아빠는 토끼풀 꽃으로 하얀 반지를 만들어 주었다.

엄마가 저녁식사 다 됐다며 아파트 창문을 열고 우리 이름을 크게 부를 때까지 배드민턴을 치기도 했다. 땀에 흠뻑 젖을 정도의 더운 날씨에도 아빠가 사준 초코맛 쮸쮸바를 집 앞 벤치에 앉아 쫄쫄 빨고 있으면 금세 시원해졌다. 쮸쮸바가 너무 딱딱하게 얼어서 먹을 수 없다고 내밀면 따뜻한 손으로 먹기 좋게 만들고는 아빠는 "이제 맛있게 먹을 수 있을걸."하며 내게 주었다.

아파트 공터의 폭신한 초록 우레탄이 깔려 있는 곳에서 아빠에게 인라인 스케이트와 두발 자전거 타기를 배웠다. 아빠는 내가 넘어지고 울고, 그러다 일어나서 웃으며 신나게 바퀴를 굴리는 이 모든 장면의 목격자였다.

등산을 좋아하지 않지만 아빠와 함께 보내는 시간이 좋아 "우리 딸 좋아하는 사발면 사줄게."라는 말에 속아 넘어가는 척 가끔 등산도 따라갔다. 산 속에서 아빠는 풀피리로 동요를 연주해주기도 했고, 또 떡갈나뭇잎을 가는 나뭇가지로 엮은 나뭇잎 모자를 내게 씌어주며 피터팬의 모험이야기를 들려주었다.

그 시절 아빠는 내게 가장 친한 친구이자,
무엇이든 다 해결해주는 멋있는 영웅이었다.

그러나 아빠와의 좋았던 시절도 내가 중학생이 되고부터는 점점 사라져 갔다. 사춘기가 왔고, 아빠보다는 친구들과 노는 것이 더 편해졌고, 학원과 독서실 다니느라 집에 있는 시간은 자는 시간밖에 없었으니까.

아빠는 아빠대로 승진을 하면서 야근이 잦아졌고, 혼자 사는 할머니가 자꾸만 눈에 밟혀 곁에 살고 싶다며 부산으로 지점 발령을 신청하셨다. 그 뒤 가족 모두가 부산으로 이사 갈 때까지 엄마, 나, 동생은 인천, 아빠는 부산에서 서로 떨어져 지냈다. 그렇게 각자의 삶이 바빠지면서 아빠와 나는 점점 멀어져 갔다. 대부분의 아빠와 딸이 그렇듯이.

회사에서 한동안 6시 의무 퇴근을 시행했을 때 선배가 했던 이야기가 떠오른다. "입사 이래 20년 동안 요즘처럼 퇴근을 일찍 한 기억이 없어. 집에 일찍 들어가면 즐거워야 하잖아? 그런데 아이러니하게도 집에 가면 슬퍼져. 애들이 너무 커버렸어. 한창 애들 클 때, 매일 야근하면서 '애들이 나를 잊으면 어떡하지.' 고민하던 것이 현실이 되어버렸다니까. 집에서 같이 할 것도, 할 말도 없어."

아빠와 나도 그랬었다. 다시 같이 살게 되었을 때 떨어져 있는 것이 습관이 되어 함께 있는 시간이 서먹했었다. 아빠는 눈으로 그 서운함을 표시했지만 나는 그 서운함을 따뜻함으로 바꿀 정도의 센스 있는 딸이 아니었다.

엄마는 성적 향상을 위해 푸시하는 역할을, 아빠는 다독거리는 역할을 주로 맡았다. 그런데 아빠가 가끔 그 역할을 깜빡하고 엄마 역성을 들 때면 믿는 도끼에 발등을 찍힌 것처럼 정말 아프기도 했다.
예를 들면, 못 푼 수학 문제 몇 개에, 떨어진 모의고사 점수 몇 점에, "아이고, 이게 공부했다는 사람 점수야?"라고 하거나, 여느 10대가 그렇듯 연예인에 푹 빠져 텔레비전 앞에 앉아 입을 헤 벌리고 있으면 "공부 좀 해."라는 꼰대 말로 나를 삐치게도 만들었다. 삐친 것이 나 혼자 자연스럽게 풀어지지 않을 때는 아빠에게 서운함을 따발총처럼 늘어놓고서야 마음이 편해졌다.

"딸한테 바보라고 하면 좋아? 내가 누굴 닮았겠어, 아빠 닮았겠지. 아빠까지 왜 이래?"

학교에서 가끔, 아니 사실 자주 친구들끼리 아빠 뒷담화 시간을 가졌다. 아빠에게 혼나고 와 친구들을 모아 놓고 속상했던 이야기를 풀어놓았다. 내가 아빠 험담을 한참 늘어놓으면 친구들은 "넌 그래도 아빠랑 친하잖아. 고민도 털어놓고 할 말도 다 한다며."라고 핀잔을 주었다. 그때 난 최대한 황당한 표정을 지으며 그렇지만 친한 건 아니라고 방어했었다.

이렇게 서먹했던 우리가 어떻게 다시 친해졌을까.
신이 우리에게 준 선물이었을까.

우연히 함께 떠난 인도 여행은 어색했던 우리 사이를 어린 시절 껌딱지 딸과 영웅 아빠로 돌려놓았다. 이제는 친구들이 내게 아빠와 친하냐고 물으면 서슴없이 이야기할 수 있다.

"응. 우리 엄청 친하지. 아빠는 내 베프야. 베스트프렌드."

꽃소금과 여행한 아빠

우리가 처음으로 함께 배낭여행을 했던 인도에서의 50여 일 동안 나는 '아빠는 괜찮을까?'라는 생각을 진지하게 해본 적이 없었다. 당연히 내가 괜찮으면 아빠도 괜찮을 거라고 생각했다. 내가 가고 싶은 대로 루트를 정하고, 돈도 딱 내가 정한 범위 안에서만 쓰고, 내 뜻대로 되지 않으면 괜히 옆에 있던 애꿎은 아빠에게 화를 내는 나만의 일방통행 같은 첫 여행이었다.

"아빠, 그때 인도 여행 어떻게 버텼어?"

함께 했던 여행을 떠올리면 어쩔 때는 웃기기도 하고, 미안하기도 하다. 서른이 넘어 세상을 조금 알고 나서 지금 다시 떠올려 본 그 여행은 아빠에게 너무 가혹한 여행이 아니었나 생각되기도 한다.

나는 그때 내 방식이 옳다고 생각했다. 가격이 싼 숙소에서 자고, 뒷골목에서 현지 음식을 먹고, 최소한의 비용으로 여행하는 것을 당연하다고 생각했다. 그리고 그것이 진정한 배낭여행이라고 여겼다.

그러나 좋은 잠자리, 좋은 음식, 모든 것을 알아서 다 해주는 그런 여행만 다니던 아빠에게는 나의 이런 방식이 분명 엄청난 충격으로 다가왔을 것이다.

"아빠, 그때 많이 힘들었지?"

모든 여행 경비가 내 손안에 있어 라면 한 그릇 먹으면서도 갖은 면박을 받던 아빠는 표현은 안 했지만 많이 서운했을 거다. 배낭여행 온 젊은이들과 이야기를 나누는 자리에서 간단한 맥주값 정도는 계산하고 싶었을 텐데, 그런 표정을 보낼 때마다 냉담하게 "배낭여행은 더치페이가 생명이지."라고 거절했던 내가 얄미워서 한 대 쥐어박고 싶었을지도 모른다. 사실, 지금 생각하면 정말 적은 돈이었는데 말이다.

인도 여행의 경비는 내가 건설현장 아르바이트를 해서 모은, 내 스타일대로 '아빠와 나' 둘이 쓰면 딱 맞는 그 정도였다. 가장 저렴한 숙소에서 자고, 시장에서 현지인들과 같은 음식을 먹어야 하는 정도. 약간의 사치를 한다면 길거리의 꼬마가 자기 키만 한 커다란 은주전자를 들고 다니며 "짜이"를 외칠 때 그를 세워 차 한 잔을 마실 수 있는 정도. 운이 좋으면 마을 잔치에 끼어 어깨너머로 연극을 하며 배운 살짝 과장된 몸짓으로 "그거 뭐야, 나도 한 입 먹어봐도 돼?" 해서 한 끼를 버는 넉살 좋은 여행자의 경비 정도였다.

나는 '아빠와 함께 하는 여행'이라는 변수를 아예 생각하지도 못했던 것이다. 경비가 좀 모자란다 싶으면 엄마에게 연락해 "돈이 부족해요."라고 말을 하지 않고, "좀 더 아껴 쓰자."고 해버리는 융통성 없는 딸이었다. 우리가 함께 한 인도 여행에서 아빠에게 나는 아마 세상에 둘도 없는 왕소금으로 느껴졌을 것이다.

아빠와 다시 한 번 인도 여행을 하게 된다면 아빠의 즐거움을 위해 돈을 팍팍 쓸 수 있을까? 솔직하게 말하면 사람은 하루아침에 바뀌지 않을 테니 상황은 크게 달라지지 않을 것 같다. 그러나 아주 가끔씩은, 나도 아빠에게 찡긋 윙크하면서 테이블 밑으로 지갑을 넘기는 센스 정도는 있는 꽃소금 딸이고 싶다.

"자, 오늘은 아빠가 한번 시원하게 쏴~"

알라딘 바지

길에서 마주친 여행자의 알라딘 바지를 보며 부러워할 때,
아빠는 창피하게 저런 걸 어떻게 입느냐고 말했다.

"아빠 안 입을 거야? 그럼 나 혼자 입지 뭐."

가게 주인과 알라딘 바지의 가격을 흥정하고 있을 때,
슬그머니 뒤따라 들어온 아빠가 내 귀에 대고 말했다.

"두 장 사면 더 싸게 해주지 않을까? 이왕 살 거면 윗도리도 같이 사자."

옷을 갈아입은 아빠가 멋쩍은 표정을 짓는다.

"여행자의 포스가 불씬 풍기는데! 멋있어, 아빠."
"슬기는 원주민 같은데."

우린 서로를 쳐다보며 오랜만에 맘껏 웃었다.

한국으로 건너 온 알라딘 바지는 이제 잠옷이 되어버렸다.

세탁기 속을 수십 번 돌면서 물이 다 빠지고 낡아졌지만

나는 아직도 즐겨 입는다.

알라딘 바지를 입을 때마다 그때의 추억이 떠오른다.

다시 인도로 여행을 떠나고 싶어진다.

혼돈의 시작

인도 한구석에 가만히 앉아 사람들을 쳐다보면

세상에 '신'이 존재하기는 할까 의심하게 된다.

신이 있다면

왜 모두에게 공평하지 않을까.

"뭐 이런 곳이 다 있어!"

코끝을 찌르는 정체를 알 수 없는 냄새와 소음, 그리고 매연에 정신이 혼미해진다. 게다가 무엇이든 녹여버릴 기세의 태양이 몸을 조여 온다. 갑자기 바뀐 현실이 정녕 꿈이길 바랬다.

유치원에 다닐 때 동네 친구와 거의 매일같이 서로의 집을 번갈아 왔다 갔다 하며 했던 겜보이의 '슈퍼 마리오' 게임도, 아빠가 어린이날 선물로 사준 연두색 케이스의 조그만 흑백 액정이 달린 테트리스 게임도, 플레이어가 게임에 잘 적응할 수 있도록 한 단계씩 레벨이 높아졌고, 최고 난이도 높은 단계인 왕(보스몹)과 싸우려면 수많은 사전 단계를 거쳐야 했는데…. 그러나 현실은 게임과 달랐다. 우리는 인도 공항에 내려 출국 게이트를 통과하자마자 여행의 '보스몹'을 마주했다.

공항 밖은 아수라장이었다. 까만 피부에 새하얀 치마를 둘러 내 눈에는 다 똑같아 보이는 사람들이 우리 팔을 잡아끌고 시내까지 가는 택시 요금을 부르짖는다. 서로 자기 차에 타라고 귀에 소리를 지르니 정신이 하나도 없다. 미터기는 그저 아날로그 숫자가 보이는 네모 박스일 뿐, 요금과는 전혀 상관없는 모양이다. 무거운 배낭을 짊어진 채 사람들에게 떠밀려 아무 택시나 잡아탔다. 3차선인지 4차선인지, 원래부터 쌍방통행인지, 아니면 일반통행인지 알 수 없는 도로 위를 끊임없이 경적을 울리며 아슬아슬하게 달린다. 게다가 델리의 모든 차들은 사이드미러가 없다. 그래서 바퀴가 있는 모든 것들이 서로 부딪치기 일보직전이다. 푹푹 찌는 더위에 에어컨은커녕 창문도 고장이 나 열리지 않는다. 이러다 여행을 시작도 하기 전에 죽을 것 같다는 생각에 진땀이 흘렀다.

우리 가족은 주말이면 할머니를 모시고 근교로 드라이브를 나갔다. 그때 할머니는 모든 것이 신기하다는 표정으로 잠시도 바깥 풍경에서 눈을 떼시는 법이 없었다. 자다 일어나 할머니를 볼 때면 흐트러짐 없는 자세로 손잡이를 꽉 붙잡은 채, 시선은 창밖을 향해 고정되어 있었다.

공항에서 시내로 들어가는 택시 안, 아빠와 나는 그때 본 우리 할머니와 똑같은 자세였지만 이것은 살기 위한 필사적 몸부림이었다.

"오, 힌두의 신들이시여! 제발 살려만 주소서."

소똥을 밟으면서 빠하르간지^{Paharganj} 이쯤 어딘가에 있어야만 하는 숙소를 바로 앞에 두고 빙글빙글 돌며 헤매고 있다. 아빠의 눈동자가 심하게 흔들린다. 우리 모습이 처량해 보였는지 인도 냄새 물씬 풍기는 복장의 한국 여행자가 다가와 길을 알려주었다.

힘들게 찾아간 숙소는 쥐와 벼룩이 뛰어놀 것 같았고, 언제 세탁했는지 모를 이불이 놓인 침대 하나만 덩그라니 놓여있는 곳이었다. 화장실 수도꼭지는 목이 막힌 사람처럼 켁켁거리는 소리를 내며 햇볕에 데워진 미지근한 물만 찔끔 내보내고, 틈이 갈라진 플라스틱 바가지가 용케 살아남아 물을 받고 있었다. 마치 지금의 우리 모습 같았다.

아빠는 이 기막힌 현실 앞에 한동안 말이 없었다.

피할 수 없다면 즐겨라

여행지는 여행자의 사정을 봐주지 않는다. 특히나 어리바리해 보이는 신참 여행자는 언제나 현지인들의 표적이 되기 쉽다. 여행 책이나 블로그에는 이러한 것을 조심하기 위해서 저러해야 한다는 내용의 글들이 흘러넘치지만 어디 키스를 글로 배워봐야 소용이나 있겠는가. 햇병아리 여행자인 우리는 실전 앞에서 속수무책으로 당해야만 했다.

델리^{Delhi}에서 자이살메르^{Jaisalmer}로 가는 기차표를 사기 위해 도착한 기차역 바로 앞에서 정말 바보 같은 일을 당했다. 돈을 잃어버리지는 않았지만 멘탈 붕괴 상태까지 치달아 혼이 빠져나갔으니 무언가를 잃기는 잃었다.

역 광장에서 한 남자가 "기차표 사러 가?"라며 말을 걸어왔다. 기차역에 기차표 사러 오지 뭘 사러 오겠냐는 표정으로 멀뚱히 쳐다보자, '기차표를 파는 곳은 이곳이 아냐, 바보야?'라는 표정을 지으며 자기가 같이 가주겠다고 친절을 베풀었다. 조금 전까지 자신감에 찼던 우리의 표정이 물음표로 바뀌자 사내는 지체 없이 툭툭이(오토바이를 개조한 택시) 기사를 휘파람으로 불렀다. 툭툭이는 목적지를 묻지도 않고 어디론가 출발했고, 낡은 건물들이 늘어선 어디인지 알수 없는 골목들을 지나 어느 집 앞에 멈춰 섰다. 문 앞에 나와 있던 빳빳한 하얀 셔츠를 입은 통통한 체격의 사내는 책상 앞에 우리를 앉히고 사진이 가득 담긴 파일을 열어 보이면서 여행 상품을 소개하기 시작했다.

우리는 여행사에 붙잡혀 온 것이다. 가게 앞에는 우리를 태워 온 툭툭이 기사가 멀뚱히 서 있었다. 화가 난 우리는 기차역으로 돌아가 달라고 했다. 별일 아니라는 듯 알겠다며 출발한 툭툭이는 또 다른 여행사 앞에 우리를 내려줬다.

"나는 우리가 어디 팔려가는 줄 알았어. 어찌나 긴장이 되던지. 네가 그 사람들과 이야기하는 사이에 문은 어디 있는지, 만약의 사태에 어떻게 대처해야 하는지를 생각하느라 식은땀 나더라."

겨우 여행사들을 빠져 나와 기차역에 도착한 아빠는 가슴을 쓸어내리며 솔직한 심정을 토로했고, 나는 바보같이 연속으로 세 번이나 속은 것에 화가 나 한참을 씩씩거리고 있었다.

우리 얼굴에 "저 인도 처음이에요"라고 써 붙어 있기라도 한 건지 아빠와 나는 불나방처럼 달려드는 사람들에게 이리 밀리고 저리 밀려, 알고도 당하고 또 모르고도 당해야만 했다.

피할 수 없다면, 즐겨라?

이렇게 매일 맞는 매는 익숙해질 법도 한데, 인도 여행이 끝날 때까지 우리는 맞을 때마다 마치 처음처럼 아파했다.

．
．
．

그리고 1년 뒤.

엄마 몰래 먹다 들키면 잔소리를 바가지로 들어야 하지만 우리의 사랑 맥도날드 빅맥은 먹을 때마다 짜릿하다. 어쩌면 아빠와 나는 햄버거 맛보다 이 짜릿한 맛을 즐기는지도 모르겠다.

엄마는 절대 모를 거라면서 둘이 낄낄거리며 집에 돌아오지만 승률은 매우 낮았다. 바로 입가에 묻은 케첩, 먹기만 하면 볼록 나와 버리는 아빠의 올챙이 배, 순진한 건지 바보인지 엄마에게 이야기를 해버리거나, 차에 깜빡 잊고 치우지 못한 잔재들 때문이다. 하지만 엄마의 잔소리에도 불구하고 어딘가에서 약속을 잡아야 한다면, 우리는 언제나 맥도날드다. 빅맥 패티 사이에 케첩을 듬뿍 짜서 넣은 뒤 한 입 크게 베어 물고 우물우물 먹으며, "이번에는 진짜 들키지 말자." 라고 윙크를 날리는 아빠가 귀엽기만 하다.

다시 인도를 여행한다면 어떤 마음으로 여행해야 할까. 완전 범죄를 위해 다 먹은 햄버거 포장지를 한곳에 잘 접어 놓고, 얼음만 남은 콜라를 아쉬운 듯 마지막 한 방울까지 마시고 있는 아빠에게 물어본다. 아빠는 작은 코를 찡긋하며 인도 여행의 달인처럼 이야기한다.

"피할 수 없으면 즐겨야지, 때려봐야 얼마나 세게 때리겠어. 어떻게 보면 귀엽기도 하잖아. 사실 그들과 투닥거렸던 것은 몇백 원, 몇천 원 때문이잖아."

"아빠, 나도 즐길 준비 됐어. 이젠 엄마 잔소리를 즐기듯 그냥 씨익 웃으며 넘길 거야. 빅맥 효과라고나 할까? 이제 우리 그 정도 내공은 되잖아."

잔소리는 싫지만 맛있는 빅맥을 포기할 수 없듯이, 여행 중 당한 작은 사기가 두렵다고 인도 여행을 포기할 수는 없지 않은가.
어떤 사람은 하루 만에 혀를 끌끌 차며 '내가 이런 곳을 왜 왔지.'하며 떠나는 곳이지만, 여행 중 가장 이해가 가지 않아 힘들고, 여행 후에는 가장 생각이 많이 나는 곳이 바로 인도다.

아빠와 나, 우리가 딱 한 나라만 여행을 할 수 있다면,
인도! 바로 인도다.

한 끗 차이

실제로 보았다. 오자마자 떠나는 자를.

닭볶음탕 하는 집을 발견했다. 어제 일로 넋이 나간 혼을 매콤한 맛으로 붙들어
매고 싶어 별말 없이 따라 나섰다. 인도를 여행하다가 인도가 좋아 눌러 앉은
마흔 정도 되는 한국 여자분이 운영하는 천장이 낮은 가게였다. 앉은뱅이 동그란
식탁 앞에 한국인 배낭여행자들이 삼삼오오 모여 주문한 음식을 기다리거나,
오랜만에 맛보는 매운 맛 삼매경에 빠져있었다.

다들 배낭여행에 찌들어 꺼멓게 타고 꼬질꼬질한데 유독 잘 차려 입은 한 가족이
말없이 음식을 먹고 있었다. 오지랖 넓은 사람이 가족끼리 왔냐며 물어봤고, 마침
다들 궁금해하던 차에 잘됐다는 표정으로 모두가 쳐다보았다.

"오늘 아침에 도착했는데, 이 밥만 먹고 다시 한국으로 돌아가려고요. 아,
인도…."

정말 신기했던 건 아무도 말리지 않았다는 사실이다. 다들 고개만 끄덕였다.

인도는 그런 곳이니까. 오는 사람 막지 않고, 가는 사람 잡지 않는 그런 곳이니까. 그럼에도 기대하지 않은 어느 순간 아픈 마음 위로받는 미워할 수 없는 곳이니까.

우리 마음에도 최근 며칠 동안 많은 갈등이 있었는지도 모른다. 어쩌면 아빠는 더 그랬을 것이다. 50일 넘는 배낭여행을 과연 끝까지 할 수 있을까. 어제 저녁 엄마가 넣어 준 팩소주를 홀짝거리며 아무것도 없는 천장을 바라보면서 "역시 내 마음을 알아주는 건 마누라밖에 없네."라고 넋두리를 할 때 마음속으로는 한국으로 돌아가는 비행기를 탔을지도 모르겠다.

가게 주인이 반찬 세팅 없이, 닭볶음탕을 들고 우리 탁자로 들고 왔다가 부녀가 여행하는 것인지 묻는다. 그렇다고 하자 부녀끼리 여행하는 것은 처음 본다며 곁에 앉아 우리의 여행을 묻는다. 시선이 우리에게로 집중됐다. 아빠의 어깨가 갑자기 산이 되더니, 목소리에 힘이 들어가는 게 보였다.

"딸내미가 같이 가자고 해서 왔죠. 인도 재미있네요. 정말 오길 잘한 것 같아요. 우리는 인도 북부를 쭈욱 돈 다음, 네팔로 가서 히말라야 트레킹을 하고 한국으로 돌아갈 거예요. 한 50일 정도가 될 것 같아요."

여기저기서 "우와, 대박!", "아빠랑 딸이랑 같이 왔대.", "아버지 진짜 멋있다.", "50일 동안 배낭여행이래." 등의 소리가 들렸다. 처음에는 여러 개였던 테이블이 아빠의 이야기에 붙여지고 붙여져 하나가 되었다. 왜 인도 택시에는 백미러가 없는지부터 찬물을 바가지로 받아 샤워를 해야만 했던 숙소 이야기, 기차표 사러

갔다가 된통 당한 이야기, 딸내미에게 라면을 사달라고 했다가 핀잔 들었던 눈물 없이는 들을 수 없는 이야기, 티베탄콜로니를 갔다 오는 길에 툭툭이 기사가 약속했던 차비를 갑자기 올려 싸웠던 이야기 등 아빠는 무슨 대단한 무용담처럼 이야기를 꺼내기 시작했다. 아마 이때쯤, 아빠는 여차하면 한국으로 돌아가기 위해 마음속으로 사두었던 비행기표를 버리지 않았을까.

우리는 이날 여행 선배들로부터 인도 여행의 따끈따끈한 팁과 함께 여행 끝까지 잘하길 바란다는 따뜻한 격려도 받았다.

역시 매운맛과 칭찬은 무엇보다 강한 마력을 지닌 것 같다.

로맨틱한 인도의 야간열차

생애 첫 야간열차를 타는 날이다. 델리에서 자이살메르까지 가는 열차다. 표에는 저녁 5시 30분 출발, 다음날 오전 11시 도착(약 18시간 소요)이라고 적혀 있다. 그러나 출발시간이 지나도 오지 않는 기차를 기다리며, 나는 여행 중 짐을 몽땅 잃어버린 경험담을 아빠에게 꺼내놓기 시작했다.

시카고에서 캐나다 나이아가라 폭포까지 심야 버스를 탔을 때의 일이다. 장거리 구간이라 중간에 버스를 한 번 갈아타야 했는데 트렁크에 있던 짐은 버스 회사에서 옮겨줄 거라 생각했다. 안타깝게도 저가 버스라 그런 서비스는 없었다. 하지만 그 사실을 알았을 때 나는 나이아가라 버스정류장이었고, 내 가방은 뉴욕을 향하고 있었다. 그렇게 여행을 시작하자마자 모든 짐을 잃어버리고 이미 가난했지만 훨씬 더 가난하게 여행을 하게 되었다. 너무 춥고 배도 고파 결국 길거리에 모자를 두고 태권도 품새를 비롯해 할 수 있는 온갖 공연을 했다. 공연해서 번 돈으로 샌드위치를 사먹은 이야기를 할 무렵 아빠는 내 슬픈 이야기가 재미있는지 자꾸 웃기만 했고, 나는 이번 여행에서는 절대 아무것도

잃어버리지 않겠다며 배낭을 꼭 끌어안았다.

인도의 기차는 정시에 오는 법이 없나 보다. 이것이 기정사실이라는 것을 아는 여행자들은 플랫폼 바닥이 마치 제집인 양 앉거나 기대거나 누워있다. 그 모습이 그렇게 자연스럽고 부러워 보일 수가 없다. 그러나 우리는 바닥에 쉽게 널브러지기에는 아직 내공이 부족했다. 가장 깨끗해 보이는, 그렇게 믿어야만 하는 곳에 가방만 살짝 내려놓고는 엉거주춤하게 서서 열차가 오기만을 기다렸다. 화장실에 갈 때도 그 사이 기차가 오면 어쩌지 하는 괜한 걱정을 하면서. '왜 안 오지? 오기는 오는 거야? 에잇, 오든가 말든가.' 인내심이 한계에 도달할 즈음에 지붕에 사람을 가득 실은 기차가 들어왔다. 그리 로맨틱하지는 않았지만 어쨌든 생애 첫 야간열차를 탔다. 양 옆으로 세 개씩 여섯 개의 침대가 촘촘히 놓여있는 침대칸에 아빠와 나는 나란히 자리를 잡았다. 침대 위로 몸을 구겨 넣고 다리를 겨우 뻗어 누워있으니 마치 통조림 속 생선이 된 기분이었다. 고개를 돌리니 침낭까지 덮고 잘 준비를 완벽하게 마친 아빠가 보였다. 우리는 누가 먼저랄 것도 없이 '가방 사수'라는 구호를 내뱉으며 가방을 베게 삼아 이내 잠이 들었다.

영원히 끝나지 않을 것 같은 긴 밤이 지나고 어느덧 아침이 되었다. 일어나 눈을 떠보니 아빠는 복도의 조그만 의자에 앉아 언제 닦았는지도 알 수 없는 뿌연 창으로 황량한 인도의 북부를 보고 있었다.

"아빠 뭘 그렇게 재미있게 봐?"

"모두 기찻길에서 볼일을 보고 있네. 저기 봐봐."

창밖에는 정말로 사람들이 참새처럼 철로에 쪼그려 앉아 볼일을 보고 있었다.
내가 신기하게 쳐다보고 있으니 아빠는 더 재미있는 것을 보여주겠다며
화장실을 다녀오라고 했다. 그리고 신발을 조심하라는 말도 덧붙였다. 나는 그
말이 떨어지자마자 기대에 가득 차 화장실로 향했고, 문을 열자마자 "우앗!"
하고 소리를 질렀다. 변기가 있어야 할 자리에는 큰 구멍만 하나 뚫려 있었고
그 아래로 철길이 다 보였다. '발을 잘못 디뎠다간 기차 밖으로 떨어지겠는데.'
상상만으로도 간담이 서늘해졌다.

"인도는 기차 화장실도 다이나믹하네!"

호들갑을 떨며 아빠에게 달려와 화장실에 가서 내가 한참 동안 안 오면 꼭 찾으러
와달라고 당부했다. 나는 분명 진지하게 이야기했는데 아빠는 뭐가 그렇게나
웃겼는지 배를 잡고 웃으며 인도 기차 화장실에서 신발 한쪽을 빠트린 남자의
이야기를 들려주었다. 그리고 그 이야기의 결말이 어떻게 되었을지도 내게 물었다.

"잘 모르겠어. 그래서 그 남자는 어떻게 했어?"
"나머지 신발도 밑으로 떨어뜨려 버렸대. 누군가는 신겠지 하면서. 한쪽만
있으면 아무짝에도 쓸모가 없잖아. 그 양반 지혜롭지?"
"응. 그런데 아빠는 그런 상황이라면 어떻게 했을 것 같아?"
"나도 아마 그랬겠지."

아니다.

아빠는 신발 두 짝이 그대로 있어도,

그 신발을 필요로 하는 사람이 있다면,

벗어 줄 그런 사람이라는 걸 나는 안다.

그래서 어쩌면 우리는 여행 중에 더 많이 싸웠는지도 모른다.

따뜻한 사람

인도에는 "깃미 원 달러!"를 외치는 아이들이 너무 많다. 아빠는
주고 싶어 했고, 나는 한번 받으면 다른 여행자들에게도 당연한 듯 요구할 거라며
아빠를 말렸다. 그러나 평소 내 말을 잘 들어주는 아빠도 이 부분에 대해서는
엄격했다. 아이들에게 1달러를 건네줄 때 아빠는 더 많은 것을 주지 못해 늘 그
아이들에게 미안해했고, 특히 사이클릭샤(자전거 인력거)를 탈 때면 절대로 가격을
흥정하지 못하게 했다. 납득할 수 있는 금액이라면 깎지 말고 그대로 주라고
했다.

"절에 갖다 주고, 교회에 주면 뭐하냐. 이거야말로 덕을 쌓는 거지. 사람을
측은하게 바라보는 마음이, 곧 부처님 마음이고 예수님 마음이야."

인도의 길거리 음식을 먹고 탈이 난 적이 있었는데 그 후부터 우리는 기차를 타고
먼 거리를 이동할 때면 식사대용으로 바나나 한 송이와 포장된 빵을 항상 가지고
다녔다. 그런데 한 번은 아빠가 이걸 몽땅 역 앞에서 구걸하고 있는 노인에게 준

적이 있었다. 그것도 바로 내 눈 앞에서. 나는 인도 거지들 다 먹여 살릴 거냐면서
불같이 화를 냈었다.

사실 인도 여행을 하면서 아빠와 싸운 대부분의 이유는 이러한 것들 때문이었다.
나는 그럴 때마다 나라도 못하는 걸 왜 아빠가 하느냐고 목소리의 날을 세웠다.
아빠는 그런 나를 달래다가 마지막에는 너도 자식 낳고 키워보라며 안타까운
눈으로 쳐다보았다.
그 이후 언젠가 아빠가 가난했던 어린 시절 이야기를 들려준 적이 있다. 모두
흰색 여름 교복을 입을 때 혼자 일명, 난닝구를 입고 다닌 이야기, 수업료를 제때
내지 못해 복도에서 벌을 섰던 이야기들을 하면서, 가난만큼 불쌍한 것은 없다고
이야기했었다. 아빠는 너무 일찍 가난한 사람의 마음을 이해하게 되었는지도
모르겠다.

인도와 네팔 그리고 중국 배낭여행을 함께 한 이후, 내가 회사원이 되는 동안
아빠는 네팔로, 중국으로, 동남아로, 남미로 여행을 떠났다.
아빠에게 손을 내밀 친구들에게 나눠 줄 사탕, 연필, 1달러짜리 뭉치를 들고서.
아빠는 내가 아는 사람 중 가장 따뜻한 사람이다. 그러한 마음이 나는 언제쯤 자연
스러워질 수 있을까. 아직은 잘 모르겠다.

딸, 담배, 그리고 아빠

담배와의 인연은 유치원 시절 호기심에서 시작되었다. 이사를
하던 날이었다. 이삿짐들이 곤돌라에 실려 옮겨지는 모습도 신기했지만, 나는
아빠의 손가락 사이에 끼워져 있던 담배가 줄어드는 모습이 더 신기했다. 내가
만져보려고 하니, 아빠는 "요 녀석, 궁금한 것도 많네."하며 꽁초의 불씨를 꺼
담뱃갑에 넣어버렸다.

중학생 때였다. 아빠가 하얀 종이 위에 담뱃가루를 솔솔 뿌린 다음 침을 살짝
바르고 그것을 돌돌 말아 담배를 만드는 모습이 너무나 신기했다. 그리고 아빠가
피우던 담배 맛이 궁금했다. 딸이 뽀뽀를 해주지 않겠다고 협박을 해도 "응,
알았어."하면서 한 번도 나에게 주지 않던 그 담배 맛은 어떤 맛일까. 그래서
한번은 몰래 옥상에서 아빠가 하던 방식대로 담배를 만들어 피운 적이 있었다.
결과는 처참했다. 나는 눈물과 콧물을 흘리며 기침을 해댔고, 이걸 무슨 맛으로
피는지 아빠가 도무지 이해가 되지 않았다.

어느덧 스무 살 대학생이 되었다. 건축과는 밤샘 작업이 많았다. 새벽 늦게 설계

작업을 마친 어느 날, 친구와 함께 학교 운동장 벤치에 앉아 동트는 것을 보며 첫 버스를 기다리고 있었다. 그 때 벤치에서 무언가를 발견했다. 누군가 떨어뜨리고 간 담뱃갑 '인디고'. 파란색 날개가 그려진 케이스에 적혀 있는 퀴즈가 눈에 들어왔다.

'앞만 보고 쉬지 말고 (　　) 중력을 벗어나 (　　) 보이지 않던 너의 모습이', 우리는 괄호 안에 무슨 문장을 넣으면 좋을까 끙끙거리다가 문득 담배맛을 알면 괄호를 제대로 채울 수 있을 것이라는 생각이 들었다. 우리는 대단한 의식을 치르는 것처럼 커피향이 감도는 인디고를 천천히 한 모금씩 들이쉬고 내뿜었다. 그 순간 정신이 아득해졌다.

그 작은 의식이 있은 뒤로 나는 한동안 인디고 한 갑을 가지고 다녔다. 하늘만 바라봐도 마음이 괜스레 슬퍼질 때면 하얗고 길쭉하게 잘 빠진 녀석 하나를 꺼내어 들었다 놨다 케이스에 콩!콩!콩! 치면서 시간을 보내는 것만으로도 이상하게 마음이 편해졌다. 가끔 공기 속으로 사라지고 싶을 때는 아껴 두었던 녀석의 몸을 태우기도 했다.

인도의 붉은 달, 밤의 습도, 짜이^{Chai}의 따뜻한 향, 그리고 조리를 통해 전해지는 땅의 온기가 온 마음을 흔들어 놓는 날, 책상 서랍에 두고 온 인디고가 그리웠다. 인디고와 함께 흰 연기를 뿜으며 작은 의식을 진행하고 싶었다.

자이살메르로 가는 기차 안에서 아빠의 생각을 넌지시 물어보았다.

　"여자가 담배 피우는 거, 어떻게 생각해?"

"응, 뭐 그럴 수도 있지."

"아빠, 그런데 만약에 아빠 딸이 담배를 핀다고 하면?"

"그건 안 되지."

아빠는 여자의 몸은 남자의 몸보다 더 약하고, 언젠가 세상에 나올 아이와 딸의 건강을 걱정하며 담배를 안 피웠으면 좋겠다고 했다. 나는 누구에게나 자신의 행동을 선택할 수 있는 책임과 자유가 있으며, 누구는 되고 누구는 안 된다는 아빠의 모순적인 태도를 지적하며 격렬하게 토론을 시작했다. 한 치의 양보도 없던 논쟁은 기차가 다른 사람들을 태우기 위해 잠시 멈추고 짜이 왈라가 "짜이"를 외칠 때 휴전 상태가 되었다.

달큼한 짜이를 마셨다. 그리고는 1월에 와서 12월 마지막 즈음에도 세상 구경도 못한 녀석들로 빼곡히 채워진 책상 서랍에 두고 온 담배 이야기를 담담하게 꺼냈다. 그리고 여행을 오면 유독 어느 순간 이 녀석들을 찾게 된다고도 했다. 이곳 인도는 더더욱 그렇다며.

아빠는 내게 아무런 대답을 하지 않았다. 나도 더 이상 이야기를 꺼내지 않았다.

．
．
．

자이살메르 사막에서 저녁노을을 바라보는데
아빠가 피던 담배를 슬며시 내게 건넨다.

섹시 낙타와의 밀당

사막.

아빠의 손때가 묻은 『아라비안나이트』를 읽으며, 상상으로
그려봤던 곳. 사막에는 항상 뜨거운 태양, 부드러운 황금빛 모래, 오아시스,
은하수, 붉은 터번, 달 모양의 칼, 가죽으로 만든 물주머니, 도적들, 그들을
유혹하는 총천연색의 여인들, 그리고 낙타가 있었다. 나는 꼭 한번 낙타를 타고
사막을 건너고 싶었다.

상상이 현실이 되었다. 자이살메르 사막 위에 새침한 자태를 뽐내고 있는 낙타
두 마리가 우리를 쳐다보고 있다. 오똑한 코, 짙은 쌍꺼풀, 긴 속눈썹을 가진
낙타는 같이 사진을 찍으려고 가까이 다가서면 고개를 옆으로 돌리고 예쁜 눈을
깜빡이면서 밀당을 시도할 줄도 알았다.

낙타의 미모에 반해 한참을 쳐다보았다. 그러다 서로의 얼굴을 낙타의 얼굴과
번갈아보며 못생겼다고 놀리는 사태까지 벌어졌고, 심지어 아빠와 내가 이번
생에 성형수술을 할 일이 있다면 낙타처럼 해달라고 하는 건 어떨까 진지하게

고민도 했다.

그래도 성형수술은 하지 말자고, 이 정도면 괜찮지 않냐며 자신감을 서서히 회복하고 있을 때, 우리가 그러거나 말거나 자신의 일을 하고 있던 낙타 몰이꾼이 한 사람씩 낙타를 지정해주었다. 몰이꾼이 휘파람을 불자 낙타들이 앞에서부터 차례로 일어났다. 아빠가 "으악!" 비명을 지른다. 나도 따라 "으악!" 소리가 터져 나왔다. 마음의 준비를 할 새도 없이 우리는 낙타 등 위에서 공중부양을 했고, 그러거나 말거나 낙타는 엉덩이를 살랑살랑 흔들며 걸어갔다.

낙타의 발자국이 톡톡 남겨지는 만큼 낙타 엉덩이는 요동쳤고, 그럴 때마다 내 척추와 뱃살은 요란스런 진동을 비트삼아 볼썽사나운 춤을 추기 시작했다. 그에 비해 아빠의 뒷모습은 여유로워 보였다. 평소 몸 좀 많이 흔들어 본 덕이었을까. 낙타의 흔들림에 맞춰 아빠도 같이 바운스 바운스하고 있는 모습이 자연스러워 보였다. 아빠는 심지어 뒤를 돌아 엄지척을 하며 미소까지 날리고 있었다. 그러나 그 여유는 얼마 가지 않아 헐리우드 액션과 함께 끝이 났다. 아빠는 위아래로 왔다 갔다 하면서 어딘가가 계속 쓸려 말 못할 고통을 느끼고 있었던 것이다. 결국 낙타 몰이꾼을 불러 낙타를 멈추게 했는데, 낙타가 무릎을 굽히는 순간 잡고 있던 줄을 놓쳐 버리는 바람에 아빠는 바닥으로 사정없이 내동댕이쳐졌다. 모두가 깜짝 놀라 아빠를 쳐다봤고, 아빠는 한참 뒤에나 일어나 어기적거리며 걸어갈 수 있었다.

끝없이 황금빛 모래가 펼쳐진 사막에서 낙타 몰이꾼들이 노래를 부르며 저녁 준비를 하는 동안, 하릴없는 우리는 모래 바람을 날리며 점프도 하고, 미끄럼도

타고, 뒹굴거리며 시간을 보냈다. 한낮의 태양을 머금은 사막의 모래는 따뜻하고
부드러웠다.
저쪽에서 모래에 엄마 이름을 쓰고 있는 아빠가 보인다. 나는 가만히 있는 아빠를
보니 장난이 치고 싶어졌다.

　　"오이, 규선 씨, 아픈 데는 괜찮아? 내일 낙타 또 탈 수 있겠어?"
　　"아마도."

아빠에게서 애매한 대답이 온다.

사막의 치느님

별과 모닥불만이 빛날 수 있음을 허락받은 이곳에서 함께 온 모든 이들이 둘러 앉아 저녁식사를 한다. 모래로 문질러 닦은 식판 위에 카레와 짜파티chapati가 놓여있다. 오른 손으로 짜파티를 한 입 크기로 잘라 카레에 찍어 먹는다. 설거지가 필요 없을 정도로 깨끗하게 닦아 먹는 중이다. 당근과 감자만 큼직하게 썰어 넣은 투박한 음식인데도 푹신푹신한 사막에 앉아 타닥타닥 타는 모닥불 곁에서 먹고 있으니 마치 굉장한 곳에 초대되어 식사를 하는 기분이 들었다.

낙타 몰이꾼이 젬베를 두드리며 노래를 하기 시작했다. 저렇게 구슬프게 불러도 되는 건가. 대화로 가득 찼던 자리는 그의 노랫소리와 타 들어가는 장작 소리만으로 채워졌다. 가끔 바람이 불어 사막의 등을 쓰다듬는 소리가 더해지기도 했다. 사막이 안아주는 대로 그대로 안겨 내 마음은 추억여행을 떠나고 있다. 보고 싶은 사람이 생각났다. 하고 싶었는데 하지 못했던 말들이 떠올랐다. 떠났던 사람들과 떠나야만 했던 사람들이 스쳐 지나갔다. 이런 순간에는 즐거움보다 미안함이 묻어나는, 하지만 돌이킬 수 없는 추억만이 떠올랐다. 사막이라 다행이다. 번호를 알아도 지금은 전화할 수 없으니.

"아빠, 누구 생각해?"

"비밀. 너는?"

"그럼 나도 비밀."

센치함의 집중력이 떨어져가는 시간이 되어갈 즈음, 은박지로 돌돌 말아 모닥불에 넣어 두었던 감자와 닭고기가 우리 눈앞에 놓여졌다. 인간은 단순하고, 치킨은 위대하다. 모두가 신이 나서 소리를 질렀다. "치킨! 치킨!" 사막에서 치느님이라니. 치킨은 어디에서든 흠모의 대상이다. 혹시라도 떨어뜨릴까 봐 갓 태어난 아이를 품에 안듯 은박지를 들고 조심히 한 꺼풀 한 꺼풀 벗기니, 조신하게 손발을 모으고 기름기를 한껏 뽐내고 있는 치느님의 자태가 드러난다. 원빈이라고 불리는 꼬마 낙타 몰이꾼이 애교 섞인 목소리로 "누나! 형아! 맥주! 맥주! 치맥 짱! 치맥 짱!" 누군가 가르쳐 준 한국말을 하며 아이스박스에 고이 모셔 둔 맥주를 한 병씩 나눠주었다.

치맥의 맛은 아빠와 딸이 서로를 위하는 마음을 잊게 할 만큼 끝내주게 맛있었다. 우리는 치킨을 정확히 반씩 나누어 뼈까지 핥아 먹고, 점점 투명한 병이 되어가는 맥주를 고개 들어 하늘의 별이 보일 때까지 털어 마셨다. 사라져간 치맥의 고마움과 아쉬움을 담아 다 같이 맥주병 연주를 시작했다. 뿌~! 뿌~!

딱 한 마리의 치킨, 딱 한 병씩의 맥주.

'딱 하나'라는 단어는 언제나 그 순간을 더 소중하게 만든다.

그렇게 딱 하나뿐인 소중한 2009년의 어느 날도 추억 속으로 사라져갔다.

지워지지 않는 풍경

하늘의 별을 이불 삼아 사막 위에 누워있다. 장작불의 불빛이
사그라들자 하늘의 별이 더욱 또렷하게 보였다. 우리는 별들을 보면서 그리운
것들에 대한 이야기를 나누었다.

여름밤 마당에 깔아놓은 덕석에 누워 할머니에게 들었던 옛날 옛적 이야기를
아빠는 맛깔나게 해주었다. 할머니에 대한 그리움이 이야기 속에 뚝뚝 묻어
나왔다. 아빠는 할머니가 늘 그리운가 보다.

쏟아지는 별을 보니 하와이에 있는 별 관측센터가 떠올랐다. 따뜻한 하와이지만
믿어지지 않을 정도로 추웠던 그 곳에서 별을 보며 뜨거운 핫초코를 마시던 그날,
그때가 그리워졌다.

밤이 깊어질수록 별빛들도 깊어만 갔다. 가장 밝게 빛나는 별과 별을 이어
별자리를 만들었다는 양치기들의 이야기가 생각났다. 아빠는 손을 뻗어
별들의 이름을 알려준다. 저것은 큰곰자리, 바로 옆은 사자자리, 그리고 저것은
까마귀자리라는 아빠의 장난에 '아빠 뭐야?'라는 표정을 지으면 다시 진지하게
별자리에 얽힌 그리스신화도 이야기해주었다. 나는 아빠 옆에 바짝 붙어 아빠가

가리키는 별을 바라보다 문득 이런 생각이 들었다. 아빠가 엄마를 꼬실 때도 혹시 별 이야기를 했을까. 아빠에게 물어보니 씨익 웃기만 한다. 누가 먼저 대시했냐는 물음에도 아리송한 웃음을 보냈다.

톡톡.

아빠가 하늘을 한 번 보라며, 나를 깨웠다.

별들이 쏟아진다. 어떤 것은 손에 잡힐 듯 가까이 있다.

"혼자 보기 아까워서 깨웠어. 이제 더 자."

톡톡.

아빠가 이번에는 일출을 보러 가자며 나를 깨웠다. 아빠 손을 잡고 가장 높은 봉우리를 향해 걸어갔다. 사막 위로 아주 작고 동그란 벌레가 빠른 속도로 물결무늬를 만들며 달려갔다. 기다리던 해가 부끄러운 듯 고개를 살짝 내밀다가 금세 눈을 똑바로 뜨고 볼 수 없을 정도로 하늘 위로 높이 떠올랐다. 우리는 두 손을 꼭 잡고 뜨는 해를 바라보며 소원을 빌었다. 아빠는 어떤 소원을 빌었을까. 그리고 아빠가 내 나이였을 때는 어떤 소원들이 있었을까.

아빠가 좋은 이유

자이살메르 성곽을 따라 늘어선 낙타 가죽 공예품들이 오늘따라 유난히 예뻐 보였다. 낙타 그림이 그려진 가방을 한참 보고 있으니 아빠는 들어가서 천천히 구경하자며 가게로 들어갔다. 보물창고를 발견한 것처럼 기뻐하면서도 살까 말까 주춤거리는 나를 위해 아빠는 내 시선이 오래 머물렀던 가방과 조리를 손에 들고는 눈을 찡긋하며 말한다. "딸이랑 잘 어울리겠네."

아빠와 커플로 낙타 모양 가방을 메고, 낙타 가죽 조리를 신고 골목을 기분 좋게 배회하고 있었다. 골목 어딘가에서 신나는 음악소리와 사람들의 함성이 들렸다. 우리는 두 귀를 레이더 삼아 소리가 들려오는 곳을 찾아 다녔다. 그리고 잠시 후 우리 눈앞에는 1년에 딱 한 번 열린다는 자이살메르 축제가 펼쳐졌다.

원색의 화려한 천으로 치장한 남자들이 낙타를 타고 지나간다. 뒤이어 악대들이 연주하는 전통음악에 맞추어 몸의 굴곡이 훤히 드러나는 사리^{sari}를 입은 무희들이 손끝으로 꽃 모양을 만들어 춤을 추며 간다. 아빠의 눈길이 무희 중 한 곳에 꽂혀있다. 시선을 따라가 보니 주황색 의상을 입은 소녀가 눈에 들어왔다. 나는 헛기침으로 아빠의 시선을 내게로 가져오면서 "같이 사진 찍자고 말해볼까?"라고 물었다. 아빠는 부끄러운 표정을 지으며 손사래를 친다. 그런 모습이 재미있어 아빠에게 엄마가 예쁜지, 저 여자가 예쁜지 난감한 질문을 던졌다.

"당연히 엄마가 예쁘지. 처녀 때는 더 예뻤어. 지금도 부부 모임 나가면
아빠가 어깨에 얼마나 힘주는데."
"글쎄, 아까 아빠 표정은 그렇지 않던데?"
"내 것이 아닌 것은 그저 스쳐가는 바람일 뿐. 내게 유일한 여신은 네
엄마뿐이야."
"으악! 닭살."

집에 놀러 온 친구들이 이구동성으로 하는 이야기가 있다. "너희 아버지 눈에서 광선 나오는 줄 알았어." 아빠는 동생과 나를 쳐다 볼 때 세상에서 가장 사랑스러운 눈으로 바라본다. 아직도 아빠는 동생과 나를 다섯 살 꼬마로 생각하는지 가까이 얼굴을 내밀고 뽀뽀를 요구할 때가 있다. "뭐야, 저리 가."라고 할 때가 대부분이지만 가끔 못 이기는 척하고 입을 짧게 내밀어 준다. 그럼 무슨 천군만마를 얻은 것처럼 아빠의 입꼬리가 하늘로 승천한다. 이런 모습을 본 엄마가 그렇게 좋으냐고 물으면, 아빠의 대답은 늘 한결같다.

"그럼, 좋고말고."

내가 아빠를 좋아할 수밖에 없는 이유, 아빠는
할머니, 엄마, 동생, 나.
네 명의 여자들을 끔찍하게 사랑하는 팔불출이기 때문이다.

어려웠던 시절을 보내면서 아빠는 일찍 철이 들었다고 했다. 어른이 되어 자식을
낳으면 굶기지 않고 사랑으로 키우겠다고 스스로 다짐도 했단다.
결혼 초년 시절 취미가 '아이 돌보기'라고 공공연히 떠들고 다녀 남자 동료들
에게는 놀림을, 여자 동료들로부터는 호감을 받았던 아빠였다. 만화나 소설을
보다가 똑똑하고 예쁜 애들이 나오면 그 이름을 미래의 자식들 이름으로 해야지
상상하며 즐거워하던 아빠였다. 그렇게 해서 지어진 내 이름은 아빠가 가장
좋아했던 만화책 『내일을 향해 던져라』의 주인공 독고탁의 애인, '슬기'가 되었다.
나는 아빠의 청춘의 흔적이 담긴 내 이름이 참 좋다.

자이살메르의 마지막 날 아빠와 나는 성곽이 훤히 바라다 보이는 건너편 언덕에
올라 세상에서 가장 편안한 자세로 앉아 지난 며칠간을 회상했다. 여행이 끝나
기도 전에 지나간 사랑의 흔적처럼 오래도록 지워지지 않는 장소들이 있다.
막상 떠나려고 하니 뭉클한 감정이 솟아올라 코와 눈이 시큰해진다. 아빠는
저녁노을에 물든 자이살메르의 모습을 하나라도 놓치지 않으려고 카메라의
셔터를 연신 눌러댔다. 나는 그런 아빠를 물끄러미 쳐다보다 큰 소리로 불러본다.

아빠!

아빠가 내 아빠라서 참 다행이다.

스물네 번째 정월 대보름

피촐라 호수 위로 하얀 대리석 궁전들이 떠 있는 낭만적인 도시, 우다이푸르^{Udaipur}에서 스물네 번째 생일을 맞았다. 시티 펠리스가 한눈에 들어오는 숙소의 루프탑에서 생일 케이크와 숙소 주인이 마련해준 간단한 인도음식을 차려 놓고 작은 생일파티를 열었다.

생일 축하 노래에서 '사랑하는 ~~의' 부분이 진행될 때는 언제나 몸이 간질간질하다. 나만 그런 것인지 아빠는 박수까지 쳐가며 신나게 노래를 부르고 초를 불어 끄는 순간에는 손발이 오글거리는 멘트를 날린다. "사랑하는 우리 딸, 생일 축하해." 입으로 폭죽 소리까지 내는 아빠 때문에 닭살 돋아서 하마터면 소원을 빌지 못할 뻔 했다고 눈을 가늘게 뜨고 이야기하자 아빠는 케이크를 작게 한입 물며 무슨 소원인지 물어본다.

"매년 생일을 오늘처럼 다른 나라에게 보내게 해달라고 빌었어."

말이란 게 무섭다. 그 후로 서른이 된 지금까지 집에서 생일을 보낸 적이 거의 없다. 정월 대보름, 한 해가 시작되고 처음으로 달이 가득 찬 날 태어났기 때문일까. 아니면 『서유기』의 손오공이 돌에서 깨어 나와 인간 세상으로 온 것이 혹시 내가 아닐까. 이유가 무엇이 되었든 태어나서 지금까지 한결같이 천방지축 망아지 같은 기질을 버리지 못하고(어쩌면 고이 간직하고 있다는 것이 맞는 표현일지도) 있다.

기어 다니기 시작할 때에는 올라갈 수 있는 모든 곳에 올라가 뛰어내리고 나뒹굴어 몸이 성한 날이 없었다. 또 나이가 들어서는 여기 저기 발이 닿는 대로 쏘다니거나 매년 잡다한 것에 푹 빠져 그것만 하느라 집에 붙어있는 날이 없었다. 엄마, 아빠는 이런 나를 보며 내 속으로 나은 자식인데 어디서 왔는지 궁금하다며 고개를 갸우뚱했고, 같은 콩깍지에서 나온 자식인데 동생과 나는 왜 이렇게 다르냐며 나도 함께 고개를 갸우뚱했다.

아빠에게 슬며시 말을 꺼낸다.

　"만약에 말이야.
　내가 이 나라 저 나라 떠돌아다니며 산다고 하면 뭐라고 할 거야?"

진짜 하고 싶은 말을 밀어두고 아빠는 내가 듣고 싶은 말로 대답을 대신한다.

　"너 마음 가는대로 살아."

'마음 가는대로 산다는 것'이 무엇인지 정확히 알 수 없지만, 그렇게 살 수만 있다면 얼마나 행복할까를 생각하며 달콤한 생일 케이크를 크게 한 스푼 떠 입에 넣었다.

고기 잡는 법

출발할 시간이 한참이나 지난 기차가 플랫폼으로 유유히 들어오는 모습도, 우리 자리를 자기 자리인냥 보따리까지 풀고 누워 곤히 자고 있는 모습도, 우리에게 슬그머니 다가와 "지금, 당신이 내게 돈을 주기로 되어 있어."라고 하얀 수염을 움직이며 말하는 처음 본 남자의 모습도. 망치로 머리를 맞은 듯 멍해지던 인도의 익숙하지 않은 풍경들은 우리에게 점점 보통의 날들이 되어가고 있었다.

마음에 여유가 생기니 그 틈으로 일상의 고민들이 물밀듯이 밀려왔다. 기차를 타고 아무 하릴없이 창밖을 바라보는 시간이 길어질 때면 바로 현실적인 취업 걱정이 다가왔다. 나는 머리를 양옆으로 흔들며, 지나가는 바깥 풍경에 다시 집중해보려 했지만 한번 시작된 걱정은 꼬리에 꼬리를 물고 커져만 갔다. 아빠는 내가 심각해 보였는지 무슨 일이 있냐며 등을 토닥였다. 나는 혼자 속으로만 끙끙 앓던 고민들을 아빠에게 털어놓았다. 불경기라 건축 회사 취업이 어렵다는 이야기, 취업이 어려워지자 친구들이 고시공부를 시작했다는 이야기, 건축이 아니면 무엇을 해야할지 모르겠다는 이야기들까지.

"우리 딸, 힘내. 아빠가 옆에 있잖아. 마음이 이끄는 대로 해. 빠르게 간다고
좋은 것도, 느리게 간다고 나쁜 것도 없어. 토끼와 거북이 알지? 레이스의
끝은 20대도 30대도 아니야."

아빠는 언제나 내가 상황을 올바르게 바라 볼 수 있도록 거울 역할만 해주었을
뿐, 직접 결정을 내려준 적은 없었다. 대신, 아빠는 내 결정이 무엇이든 열렬히
응원해 주었다.

영화에 푹 빠져 있던 때에 아빠는 가끔씩 비디오 가게에 들러 내가 언제든지 빌려
볼 수 있도록 포인트를 충전하는 것을 잊지 않았고, 여행에 푹 빠져 여행 작가가
되겠다고 했을 때에는 류시화의 『지구별 여행자』라는 책 한 권을 사서 내 침대
머리맡에 올려 두었다. 교환학생으로 가게 된 하와이주립대학교에서 경영학이나
마케팅 같은 취업에 도움이 되는 과목이 아닌 공연 관련 수업을 듣는다고 했을
때도 아빠는 하고 싶었던 것 아니냐며 재미있게 지내다 오라고 했다.

대학을 결정할 때, 학과를 결정할 때, 학교에서 무엇을 할지 결정할 때, 취업을
결정할 때도, 아빠는 항상 거울 역할만 해 주었다. 그리고 잘못된 결정으로
후회하거나 열심히 했는데 결과가 좋지 않아 속상해할 때에는 괜찮다며 나를
보듬어주었다.

"이렇게 해보면 어떨까?"라고 물을 때마다, 아빠는 왜 늘 그렇게 일단 해보라는
말만 하는지, 다른 의견을 내거나 반대하지는 않는지 궁금해서 물어본 적이
있다.

"아빠가 다 알면 이야기해줄 텐데 모든 것이 빨리 바뀌는 요즘 아빠 생각도 정답이 될 수 없어. 대신 한 가지는 이야기해줄게. 네가 한 결정을 믿고 끝까지 나아가 보는 것, 그것이 인생의 정답으로 가는 가장 가까운 길이야."

'행복한 인생'이라는 고기를 잡기 위해 나는 오늘도 낚시터에 나와 있다. 오늘도 내 옆에는 나를 열렬히 지지해주는 극성팬 아빠가 함께 나와 낚싯대를 드리운다.

신이 준 선물

인도에는 신이 너무 많아 딱 꼬집어 이야기할 수는 없지만, 마음씨 좋은 한 인도의 신이 우리에게 최고의 밤을 선물해 주었다. 지금까지 끊임없이 우리의 인내심을 시험하던 신은, 인도에서 이리 치이고 저리 치이는 우리 부녀가 불쌍해 보였나 보다.

조드푸르^{Jodhpur}의 점묘화 같은 파란 집들을 한눈에 보기 위해 메헤랑가르 성^{Meherangarh Fort}을 찾았을 때, 매표소 직원으로 변신한 신이 우리에게 말을 걸었다. "오늘 저녁, 이곳에서 셰익스피어의 〈한여름 밤의 꿈〉 연극을 하는데 보고 싶지 않아?" 우리는 공손히 두 손을 내밀어 공연 티켓을 받아들었다.

공연을 기다리는 동안 성벽에 기대어 옛 마르와르 왕이 지켜보았던 앵글로 조드푸르를 내려다보았다. 파란 도시와 맞닿은 하늘이 핑크빛으로 바뀌었다가 점점 까맣게 어두워지더니 금빛 별빛으로 수놓아졌다.

공연 시작 한 시간 전, 스태프들이 나와 세트장을 만들고 우리가 앉게 될 좌석을 세팅하기 시작했다. 그 모습을 본 우리의 입꼬리는 하늘로 승천한다. 인도에서 가장 깨끗하고 푹신할 것 같은 싱글 침대 크기의 하얀 방석으로 자리가 만들어졌고, 그 위에는 붉은빛 자수실로 공들여 만든 커다란 쿠션이 두 개씩이나 놓였다.

조드푸르의 별빛으로 수놓인 세트장 아래, 드디어 기다리던 〈한여름 밤의 꿈〉이 시작되었다. 우리는 맨 앞자리에서 세상에서 가장 편안한 자세로 연극을 관람했다. 한국어로 번역해주는 것을 신께서 깜빡하긴 했지만, 뭐라고 하든지 간에 이 행복을 일단 즐기기로 했다. 다른 사람들이 웃으면 우리도 같이 따라 웃었다. 이 기분을 마음껏 누리고 있을 때, 장난꾸러기 요정 '퍽'이 등장해 신의 메시지를 대신 전달했다.

"그럼, 여러분. 오늘 밤은 부디 안녕히 주무세요. 이제 우리 모두 친구가 되었으니 악수합시다."

아마도 그날, 우리는 인도와 손을 잡았던 것 같다. 시간이 지날수록 인도가 그리운 걸 보면.

곁

　　기차에서 좀 자둘 걸 그랬나. 아그라^{Agra}에 도착하기 전까지는
타지마할을 볼 생각에 기쁨과 흥분으로 몸의 에너지가 샘솟았는데, 기차에서
내리자 마치 서서 잠을 자는 느낌이었다. 현지인보다 열 배 이상 비싼 입장료에
그나마 있던 힘도 빠져버렸다. 가방에서 마지막 남은 초콜릿을 꺼내고 있는데
귀엽다고 보고 있던 원숭이가 폴짝 와서 가져가버렸다. 다시 뺏어 먹고 싶은
욕구를 꾹꾹 눌러 담아 원숭이만 알아들을 수 있도록,

　　"우끼끼(나쁜 녀석)."

정원으로 들어서니 하늘빛 수로가 펼쳐지고, 그 끝에는 타지마할이 보였다.
인도를 떠올리면 제일 먼저 생각나던 건축물이 바로 눈앞에 있는데 나는 아무런
감흥도 느끼지 못했다.

아빠가 내 흥미를 깨워보려 타지마할에 얽힌 세기의 러브스토리를 재미나게
이야기했지만 시간이 지날수록 눈앞에 타지마할이 점점 흐려지더니 급기야
어지러워지기 시작했다.

우리는 가장 가까운 가게에 들어가 쉬기로 했다. 얼마나 잤을까. 잠에서 깨어난
나를 보며 아빠가 미소를 지어 보였다.

"타지마할보다 딸내미 자는 모습 보는 게 더 좋네."

아빠는 차 한 잔과 케이크 한 조각을 주문해 내가 먹기 좋게 옮겨 주고는
천천히 먹고 오늘은 쉬어가자고 했다. 타지마할을 앞에 두고 제대로 보지 못해
미안해하는 나에게 아빠는 따뜻한 말로 나를 감동시켰다.

"아무리 타지마할이 예쁘고 화려해도 죽은 사람 무덤인데 그게 다 무슨
소용이야. 내 곁에 살아 있을 때 잘해야 후회가 없지."

Are you happy?

바라나시의 작은 골목으로 끊임없이 장례 행렬이 지나갔다. 가난한 자는 헝겊에 몇 번 싸여, 그보다 부자인 자는 나무관에 들어가 갠지스 강의 화장터로 옮겨졌다. 시신은 순서를 기다려 차례로 불 속에 들어갔다 재로 변해 나왔다. 땔감을 넉넉히 산 시신은 고운 재가 될 때까지 태워졌고, 그렇지 못한 것들은 태워지지 않은 조각이 남아 있었다. 그 차이가 있을 뿐, 둘 다 갠지스 강에 흘려보내졌다.

"죽어서도 가난한 자, 부자 나눠져서 이곳으로 들어왔는데, 이제서야 다 똑같은 재가 되었네."

인도 사람에게 갠지스 강은 이승에서 저승으로, 그리고 또 다른 이승으로 연결되는 정거장이었다. 그리고 이승에서의 고된 삶을 씻어내기 위한 안식처이기도 했다. 죽기 전에 이곳을 찾은 사람들은 갠지스 강으로 천천히 걸어 들어갔다. 그들은 신을 향해 기도를 드리고 두 손을 모아 물을 떠 입과 이마로 가져갔다. 벗어 두었던 옷과 자신의 몸을 강물로 정성스럽게 씻고 강가로 나온 사람들은 일생의 가장 중요한 의식을 마친 사람처럼 평안해 보였다.

특히, 바라나시에 사는 사람들에게 갠지스 강은 삶 그 자체였다. 주민들은 이곳을 찾은 여행자들이 가진 것 조금을 자신들에게 나눠주길 기대했다. 방금 이곳에 도착한 여행자가 보이면 숙소의 종업원은 뛰어가 자신의 집에 오지 않겠냐고 호객행위를 했다. 동생의 손을 잡은 여자 아이도 기념품을 팔기 위해 종종 걸음으로 여행자를 향해 걸어갔다. 갠지스 강을 바라보며 앉아 있는 우리에게도 이곳에서 사는 사람들이 다가왔다 다시 멀어졌다. 한 소녀는 꽃 모양의 초 '디아'를 내밀며 이 초를 팔아 학교를 갈 것이라고 했다.

나에게 갠지스 강은 어떻게 살 것인가 묻는 물음이었다. 우리는 작은 나무배를 타고 강가의 반대편으로 천천히 이동했다. 해가 지고 붉은 저녁이 왔다. 죽음이 덮이고 영원한 삶을, 아픔 없는 환생을 기원하는 '뿌자 행사'의 불빛이 갠지스 강 주위를 수놓았다. 아빠와 나는 소녀에게 산 '디아'를 강물에 띄우며 소원을 빌었다. '내 삶은 나에게 어떤 의미여야 할까, 나는 언제쯤 깨달을 수 있을까.' 쏟아지는 눈물을 감추기 위해 고개를 들었다. 푸르스름한 하늘 위에는 서서히 차오르기 시작한 반달 하나가 나를 바라보고 있었다.

우리를 태우고 가던 뱃사공이 묻는다.

"Are you happy?"

댄싱 위드 파파

Dancing with PAPA

:

네팔

Nepal

.
.
.

여행의 쉼표

룸비니^{Lumbini}. 부처님이 태어난 성스러운 장소라는 화려한 수식어가 붙은 곳이기도 하지만 우리의 기억 속에는 '여행의 쉼표'를 찍은 곳으로 남아있다.

인도의 새로운 풍경과 문화가 주는 자극은 황홀했다. 그 강렬함은 우리의 모든 세포를 자는 순간에도 각성하게 만들었고, 그 덕분에 인도 여행 막바지에 우리는 한낮에도 끊임없이 졸려 나른한 상태였다. 이러다간 네팔 히말라야 설산 트레킹은커녕 그 근처에 가기도 전에 쓰러질 것 같았다. 우리에게 휴식이 절실히 필요한 그때, 한 여행자로부터 룸비니에 대한 정보를 들었다. 아무것도 하지 않고 쉬기에는 그곳만큼 좋은 곳이 없다는 그 말이 얼마나 달콤하게 들렸던지 우리는 아주 잠시, 룸비니에 머물기로 했다.

정말로 그가 말한 그대로였다. 룸비니의 한국사찰은 여행자들의 극락이었다. 아빠와 나는 방을 보는 순간 기쁨의 함성을 질렀다. 먼지 하나 없는 깨끗한 방, 푹신한 솜이불이 우리를 기다리고 있었다. 그뿐만이 아니었다. 점심시간에 찾아간 식당에는 방금 지은 흰쌀밥에 배추김치, 총각김치, 김, 마늘장아찌 같은 한국 음식들로 풍성했다. 아빠는 음식을 보고 설레기는 처음이라며 들뜬 표정으로 접시 위에 음식을 올려놓았다. 설레기는 나도 마찬가지였다. 행복한 표정을 숨길 수가 없었다.

배가 부르자 우리의 꼬질꼬질한 모습이 눈에 들어왔다. 인도 여행 중에 옷을 한 번도 빨지 못해서 몸에서는 이상한 냄새가 나고 있었다. 아빠와 나는 하얀 이를 드러내며 머쓱하게 웃고는 빨래를 시작했다. 인도 여행의 흔적이 고스란히 묻은 옷가지 위에 세탁가루를 뿌리고 열심히 밟았다. 밟을 때마다 옷은 까만 구정물을 끊임없이 뱉어냈다. 우리 몸도 옷과 다를 바가 없었다. 건조한 인도에서 자주 씻으면 피부가 따가울 수 있다는 변명으로 씻는 것을 게을리했기 때문이었다. 뜨거운 물로 묵은 때를 벗겨낸 우리는 서로를 보고 이제 좀 사람다운 몰골이라며 놀려댔다.

오랜만에 낮잠을 잤다. 인도에서 쉽게 들지 않던 잠이 여기에서는 푹신한 솜이불 덕에 몸을 누이자마자 스르르 잠이 들었다. 잠이 깨면 동네를 어슬렁거리며 산책하거나 나무 그늘 아래에 누워 어느 여행자가 두고 간 만화책을 읽으며 시간을 보냈다. 누워서 뒹굴거리며 아무것도 하지 않는 이 시간이 너무 행복해서 우리는 이틀만 머물기로 한 룸비니에서 닷새를 머물렀다.

여행에도 휴식이 필요했듯이 삶에서도 가끔은 '아무것도 하지 않는 시간'이 꼭 필요하지 않을까. 따뜻한 밥 세 끼, 달콤한 꿀잠, 만화책 한 권 볼 수 있는 여유가 그리울 때면 룸비니에서 보낸 시간들이 생각난다.

짝사랑

여행에서 돌아온 아빠와 내가 패밀리 사이즈 아이스크림을 통째로 퍼먹고 있을 때였다. 엄마는 아빠의 배가 원상복구되는 것을 보고는 무서운 말을 꺼낸다.

"그래, 살찌면 다시 인도 다녀오면 되니까…"

인도와 네팔 여행은 강제 다이어트의 최고봉이었다. 아빠는 15kg, 나는 7kg의 살이 빠졌다. 고기와 간식을 입에 달고 살던 우리가 인도에서는 야채와 차밖에 먹지 못했기 때문이다. 우리는 하루하루 야위어가는 서로의 모습을 목격해야만 했다. 아빠는 살에 묻혀 보이지 않던 코가 드디어 밖으로 나왔다며 좋아했고, 나는 딱 맞던 청바지가 벨트를 하지 않으면 흘러내린다며 즐거워했다.
겉으로 보이는 모습은 점점 날씬해졌지만 몸속에 있는 장기들은 미쳐 돌아갔다.
"더 이상 풀은 싫다. 내게 고기를 다오." 피켓을 들고 협상하지 않는다면 '장기' 파업을 할 거라는 시위를 했다. 우리도 고기를 주고 싶지만 있어야 줄 것 아니냐고 억울함을 호소했지만 돌아오는 대답은 물만 마셔도 화장실로 직행하는 고통뿐이었다. 그러던 중 네팔에서 야크 스테이크를 먹을 수 있다는 정보를 입수했다. 이왕 먹을 거라면 맛있는 곳에서 먹고 싶어 숙소 주인에게 레스토랑 추천도 받았다. 아빠와 나는 흘러내리는 바지춤을 붙잡고 레스토랑으로 향했다.

드디어 기다리고 기다리던 고기! 고기다! 오늘은 지갑 사정을 생각하지 않기로 하고, 웨이터에게 가장 크고 맛있는 고기를 각자 하나씩 달라고 주문했다. 웨이터는 하얀 접시에 크고 갈색 육즙을 품은 야크 고기를 우리 테이블로 서빙했다. 우리는 누가 먼저랄 것도 없이 고기를 칼로 썰어 입에 넣었다. 그런데 이상하다. 우리가 상상한 고기는 한 입 베었을 때 육즙이 입안 가득 퍼지면서 살살 녹는 느낌이었는데 그런 느낌은 둘째치고 입에 넣은 고기가 도무지 씹히지를 않는 것이다.

'야크들이 화났나? 우리한테 왜 이러지?' 이곳에 있는 야크들은 운동량이 많아서 살이 부드럽지 않고 질겼는데 그걸 씹을 만큼 우리 이가 튼튼하지 않다는 사실에 서글퍼졌다. 씹기 좋게 칼로 먼저 다져서 구워 달라고 할 걸 그랬나.

타오르는 고기의 사랑은 네팔에서도 슬픈 짝사랑으로 끝났다. 좋아한다! 사랑한다! 너 때문에 행복하다! 말 한마디 꺼내지도 못한 채, 우리에게 온 그 모습 그대로 웨이터의 손에 떠나보내야 했다. 아, 이번 여행은 끝까지 배가 고플 운명인가 보다.

다툼

부끄럽지만, 아빠와 나의 다툼으로 얼룩진 히말라야 산행에 대해 고백해볼까 한다. 우리는 산에서 서로 소리를 지르고, 등산 스틱을 던지고, 따로 걷자며 서로를 협박하고 옥박질렀다. 지금 생각해보면 별것 아닌데 그때 내게 그 사건은 '별 것'이었다.

나는 도무지 아빠를 이해할 수가 없었다.

사건의 배경을 설명하기 전에 히말라야 등반을 시작했던 내 마음가짐을 먼저 이야기하자면, 나는 등산을 좋아하지 않는다. 다만 아빠가 등산을 좋아하기에 따라가는 것이었다. 힘들게 올라갔다가 정상 한 번 보고 내려오는 그 등산을 왜 새벽같이 일어나 땀을 흘려가며 하는지 도무지 이해할 수 없었다. 그래도 같이 가야 한다는 의무감에 산을 올랐지만 내 얼굴은 계속 통통 부어 있었다. 누가 건들기만 하면 바로 쏠것 같은 벌처럼.

아빠는 어지간해서 화를 잘 내시지 않는다. 내가 칭얼거려도 웃고 넘어가는 편이다. 하지만 이번에는 달랐다. 내가 틀린 말을 한 것도 아닌데 아빠는 평소와 달리 크게 화를 내시기 시작했다.

히말라야를 등정할 때에는 1박 2일로 짧게 다녀오는 것이 아니기 때문에 마실 물, 간식, 옷가지 등 챙길 물건들이 많았다. 우리는 안나푸르나 베이스캠프까지 8일 일정으로 다녀오기로 했기 때문에 가져가야 할 짐이 만만치 않았다. 대부분의 트래커들은 자신의 짐을 들어주고 가이드를 해주는 '포터'와 함께 트레킹을 하는데, 우리도 포터와 함께 등정을 하기로 결정했다.

우리와 함께 길을 떠날 포터의 이름은 '발'이었다. 나와 나이가 같고, 체격도 비슷한 남자아이였다. 네팔 국립대학을 졸업한 엘리트인데 네팔에는 직업이 많지 않고 포터라는 직업이 다른 직업에 비해 수입이 좋아 시작했다고 이야기했다. 발은 우리가 미리 꾸려놓은 가방을 등에 메고 앞서서 걸어갔다. 그리고 우리는 가벼운 몸과 마음으로 히말라야 트레킹을 나섰다. 짐의 무게 균형이 맞지 않은지 발은 가방을 자꾸 고쳐 멨다. 아빠는 그 모습이 안쓰러웠는지 짐의 일부를 자신이 메고 가겠다고 이야기하셨다. 발은 괜찮다고 했지만 아빠는 미안해서 그렇다며 짐을 나눠 메고 땀을 뻘뻘 흘리며 걸어가셨다.

지금이라면 아빠 마음만 편하다면 괜찮겠지만 그때 그 모습에 왜 그렇게 부아가 치밀었는지 모르겠다. 나는 아빠 옆으로 달려가 왜 무거운 가방을 아빠가 메느냐부터 시작해서 우리가 포터에게 돈을 지불한 이유가 짐을 들어주기 때문이 아니냐고 꼬치꼬치 따지기 시작했다. 그리고 가방을 돌려주지 않는다면 나는 한 발짝도 더 갈 생각이 없으니 알아서 하라며 아빠를 코너에 몰아넣었다. 아빠는 너도 자식 키워봐라, 발의 몸집이 너 만하지 않느냐, 미안해서 그렇다고 하며 나를 이해시키려 하셨다. 그리고 아빠는 일부러 땀 흘리려고 등산도 가는데 이쯤은 아무것도 아니니 그냥 모른 척하고 가면 안 되겠냐며 나를 다그치셨다. 그러나 이미 내 귀에는 아무것도 들리지 않았다. 결국 길 한복판에서 한 명은 소리를 지르고 다른 한 명은 우는 초유의 사태가 벌어졌다.

우리가 닮은 점이 있다면 '소심해서 잘 삐치는 것'인데, 이번 싸움으로 둘 다 심하게 삐쳐버렸다. 집이었다면 엄마와 동생이 중재했을 테지만 히말라야에는

엄마도 동생도 없었다. 아빠는 아빠대로 속상해서 두꺼운 입이 더 튀어나오고,
나는 나대로 속상해서 이마에 인상을 가득 세운 채로 한참을 걸었다.
그렇게 한참을 걷다 잠시 쉴 때였다. 아빠가 다가와 화내서 미안하다며 내게
초콜릿을 내밀었다. 나도 화내서 미안하다고 사과를 했다. 그래도 여전히 아빠가
가방을 메는 것이 싫다는 이야기도 했다. 아니면 아빠 짐을 덜어 내게도 나눠
달라고 했다. 아빠는 마음만 받겠다며 미소를 보냈다. 다행히 우리는 '삐친 것이
오래가지 않는 것'도 닮아 서로 금방 풀리긴 했지만, 싸움 소동으로 등산 스틱은
부서졌고, '발'은 여행이 끝날 때까지 내 눈치를 봐야만 했다.

우리는 그날 밤, 발이 메야 할 가방을 다시 꾸렸다. 혹시나 해서 가져온 것이나
무거운 물건은 산장에 두고 꼭 가져가야 할 것들만 넣어 가방을 가볍게 만들었다.
아빠의 마음도 내 마음도 오늘보다 내일이 더 가볍기를 바라면서.

내가 사랑한 밤의 시간

히말라야 산장에는 꼭 필요한 것들만 갖춰져 있었다. 그리고 모든 것들이 가격으로 매겨져 있었다. 전기도, 뜨거운 물도, 심지어 온기가 있는 따뜻한 자리도 모두 돈을 주고 사야 했다. 하지만 돈이 있어도 살 수 없는 것들이 더 많았다.

히말라야의 밤은 굉장히 추웠다. 따뜻한 물이 귀해서 대부분 차가운 물로 샤워를 했는데 그럴 때마다 온갖 오두방정을 떨며 소리를 질러댔다. 샤워를 하고 나오면 가지고 있는 모든 옷을 껴입어도 이가 딱딱 소리를 낼 만큼 추웠다. 아빠와 나는 추위를 잊기 위해 뜨거운 물을 사서 페트병에 넣어 안고 있어도 봤지만 얼마 안 가 페트병의 물은 차갑게 식어버렸다. 하지만 나는 히말라야 산을 오르는 낮 시간보다 산장에서 보내는 밤 시간들이 좋았다. 고도가 높아질수록 실내에서도 입김이 날 만큼 산장의 온도는 떨어졌지만, 그만큼 곁에 있는 사람들의 체온이 따뜻하게 느껴졌다.

산장의 밤은 매우 길었다. 4시 경에 산장에 도착해 잠이 들 때까지의 시간을 나는 '히말라야 밤의 시간'이라고 불렀다. 전기가 들어오지 않아 해가 지면 아무 것도 볼 수 없을 정도로 캄캄해졌기 때문이다. 히말라야에서 함께 보냈던 8일간의 이 시간 덕분에 나는 또다시 아빠와의 다음 여행을 꿈꿨는지 모른다.

'히말라야 밤의 시간'

우리는 저녁에 시골 밥상처럼 푸짐하게 나오는 네팔 전통 음식, 달밧을 나눠먹었다. 접시에 빈 공간이 보일 때쯤, 나는 후식을 위해 뜨거운 물을 식당에 부탁했다. 은색 스테인리스 컵에 아껴두었던 인스턴트 봉지 커피를 털어 넣고 황금비율로 뜨거운 물을 따르고는 봉지 커피 뒤꽁무니로 커피 물을 살살 젓는다. 아빠는 이번에도 어김없이 맛있게 탔느냐는 눈빛을 보내고, 나는 당연하다는 눈빛을 보내면, 아빠는 테라스로 슬슬 나가 경치 좋은 자리에 의자를 세팅하고 방에서 담요를 들고 나왔다. 우리는 일몰을 보며 뜨끈한 커피를 천천히 마셨다. 집집마다 굴뚝에서 올라오는 하얀 연기가 사라지고 짙게 어둠이 깔리면 지겨워질 때까지 별을 바라보다 방으로 들어갔다. 시계는 아직 7시. 아직 이른 저녁인데 전기가 들어오지 않아 사방이 칠흑같이 어두웠다. 우리는 하얀 몸매를 길쭉하게 뽐내는 초를 익숙하게 꺼내 방을 밝혔다. 그러고 나면 아빠와의 여행 중 내가 가장 좋아하는 시간이 찾아왔다.

어두컴컴한 방에 촛불의 위력은 굉장했다. 손톱만 한 불빛은 곁에 있는 사람의 더 많은 것을 보게 했고, 말하게 했고, 느끼게 했다. 촛불 아래에서 하는 카드 게임은 술자리 안주 같은 역할을 해주었다. 우리는 카드 게임을 하며 시시콜콜한 대화를 나누었고, 나는 평소에 궁금했던 질문들을 아빠에게 던졌다.

"아빠, 학교 다닐 때 어떤 학생이었어?"

"아빠, 내 나이 때 취미가 뭐였어?"

"아빠, 첫사랑이 궁금해. 어떤 사람이었어?"

"아빠, 결혼하기 전까지 여자 친구 몇 명이나 있었어?"

"아빠, 엄마의 어떤 점에 반했어? 누가 먼저 대시한 거야?"

아빠와 20년 이상 같이 살면서도 깨닫지 못했던 사실을 그날 처음으로 알았다. 아빠는 사소한 질문 하나에도 몇 시간을 흥미 있게 말할 수 있는 이야기꾼이라는 것. 아빠의 이야기가 시작되면 초가 금방 타서 없어져 버렸다. 그럼 "잠시만." 하고 초를 얼른 바꾸고는 "응. 응. 그래서 어떻게 됐다고?"하며, 이야기 속으로 다시 빨려 들어갔다. 아빠의 이야기 속에는 나보다 어린 나이의 아빠가, 그리고 내 나이의 아빠가 있었다.

사랑 때문에 설레고, 사랑 때문에 가슴앓이 하는 짧은 머리의 소년. 짝사랑하는 소녀에게 마음을 전달하기 위해 몇 날 며칠을 고민하며 쓴 편지를 가방에 넣어 다니던 소년. 도서관에서 데미안을 빌려 나무 밑 벤치에 앉아 책을 읽는 문학을 좋아했던 낭만을 아는 소년. 가을날 떨어지는 낙엽을 보며 눈물 흘릴 만큼 감성이 풍부했던 소년. 그리고 일찍 철이 들었던 소년.

은행원이 된 건실한 남자. 나팔바지를 입고 장발에 도끼 빗을 들고 다니던 청춘의 멋을 알았던 남자. 음악과 춤을 사랑했던 남자.

아버지라는 책임감을 어깨에 메기 전까지 그도 한 소년, 한 남자였다.

나는 항상 말하는 사람이고, 아빠는 항상 내 이야기를 듣는 사람이었는데 오늘 처음으로 역할이 바뀌었다. 기분이 묘하다. 내 앞에서 자신의 삶에 대해 이야기를 하는 이 남자가 '나를 지켜줘야 하는 사람'이 아니라 '나와 같은 사람'으로 느껴졌다.

히말라야의 길고 길었던 밤의 시간 속에서, 우리는 아빠와 딸이 아닌 사람과 사람으로 온전히 마주했다. 그 순간이 내가 아빠와 함께 한 모든 시간 중 가장 사랑했던 시간이다.

사람 사이의 정

"쿠쿠쿠쿠쿠쿠쿵!"

5분만 늦었으면 우리는 눈사태를 만나 목숨이 위험했을 것이다. 물론 이렇게 따뜻한 난로 앞에 앉아 몸을 녹이지도 못했을 것이다. 그리고 차가운 눈 속에 갇혀 구조되지도 못한 채 몇 백 년 뒤에 발견되어 한 박물관에 〈21세기 초반의 인류)라는 제목으로 전시됐을지도 모른다. 엄마가 이 글을 읽게 되면 앞으로의 여행을 허락하지 않을 수도 있다는 더 큰 위험이 도사리고 있지만 우리는 정말 큰일이 날 뻔했다.

적어도 한 시간 전에는 마차푸체르^{Machapuchare} 베이스캠프에 도착했어야 했다. 점심시간까지는 그런대로 아빠를 잘 따라가고 있었는데, 눈이 묻은 좁고 가파른 길이 나오자 청바지는 젖어 무거워지고, 운동화 바닥은 미끄러워져 속도를 낼 수가 없었다. 그리고 나의 심각한 고소공포증도 한몫하여 비탈길이 마치 낭떠러지처럼 느껴져 한 발 한 발 내딛을 때마다 엄습해오는 극도의 긴장감에 비 오듯 식은땀이 흘렀다.

"딸. 조금만 더 힘내자. 어두워지면 위험해. 산장까지 얼마 안 남았어."

아빠도 안간힘을 쓰고 있었다. 그렇게 기진맥진하여 산장에 막 도착한 바로 그때 우리가 지나온 길 위로 거대한 눈사태가 일어났다. 조금만 늦었으면 정말 큰일 날뻔했다. 이래서 산이, 자연이 무서운 거구나 싶었다.

산장에 먼저 와있던 여행자들이 놀람과 걱정 어린 눈으로 우리 부녀를 따뜻하게 맞이해주었다. 몸을 녹이라며 따뜻한 레몬티를 주는가 하면 귀한 라면과 미역국을 끓여 주기도 했다. 어떤 이는 우리를 감싸 안고 어깨를 토닥거려 주기도 했다. 그들이 베푸는 따뜻한 정에 얼어있던 몸과 마음이 무장해제 되었다. 아빠와 짐 때문에 싸웠던 것이 후회되었다. 아빠가 말했던 따뜻한 마음이 무엇인지 조금은 느껴졌다. 돈으로 가격을 매길 수 없는 그 무엇이 '사람 사이의 정'이라는 것을 깨달았다. 거친 환경은 오히려 사람을 따뜻하게 만든다. 우리는 밤이 늦도록 식당에 옹기종기 둘러 앉아 서로의 온기를 나누며 여행담을 풀어놓았다. 해발 3,700m에서의 밤은 그렇게 깊어갔다.

눈 놀이

밤새 엄청난 눈이 쏟아졌나 보다.
하늘 빼고 온통 하얗다.

야호, 눈이다!

나는 눈 위에서 춤을 추고,
아프리카 토속민처럼 점프를 하며,
살아있음을 마음껏 기뻐했다.

하얀 입김을 내뿜으며 나를 지켜보던 아빠는
눈을 크게 뭉쳐 내 얼굴을 향해 던졌다.
나도 눈을 뭉쳐 아빠에게 던졌다.
주먹만 한 눈덩이부터
머리통만 한 눈덩이까지.

우리는 히말라야의 눈을
서로에게 던지며 망쳤다.

"산소가 부족해."

높은 곳에서 까불었더니 숨이 차다.
우리는 하얀 입김을 내뿜으며
눈이 잔뜩 쌓인 바닥에 대자로 누웠다.

"하늘에서 보면 우리가 천사처럼 보이겠지?"

내가 물었다.
눈이 가득 묻은 아빠의 얼굴에 미소가 가득하다.

안녕히 다녀오세요

마차푸체르 베이스캠프에 남기로 했다. 나는 여기까지 온 것만으로도 충분했다. 아마 내가 함께 가면 아빠는 무릎까지 푹푹 빠지는 눈 위에서 앞에 가는 나를 걱정하느라 히말라야를 충분히 느끼지 못할 것이 분명하다. 아빠가 아쉽지 않느냐고 물었다. 내게 히말라야는 오르고 싶은 곳이 아니라 아빠와 함께 하고 싶은 곳이었기 때문에 아쉽지 않다고 했다. 그러니 조심히 잘 다녀오시라며 아빠를 안아주었다.

레몬티와 함께, 아빠와 동행한 언니가 남겨주고 간 류시화의 시집을 읽었다.
오늘따라 책 사이의 문구들이 마음을 때린다.

지금 알고 있는 걸 그때도 알았더라면
내 가슴이 말하는 것에
더 자주 귀 기울였으리라
더 즐겁게 살고, 덜 고민했으리라

나는 시를 읽다 밖으로 뛰어나갔다. 나를 둘러싼 모든 풍경이 새하얀 눈이었다.
하늘 위로 빛나는 태양이 눈을 더 하얗게 만들었다. 눈부신 아름다움에 눈이 시려
눈물이 났다.
아빠는 지금 어떤 풍경을 보고 있을까. 얼마나 아름다울까. 가는 길은 위험하지
않을까. 떨어져 있는 시간 동안 아빠의 모든 것이 궁금해졌다. 아빠가 도착할
시간이 다 되었는데 기척이 없어 불안하기도 했다.
저 멀리서 아빠 목소리가 메아리친다.

"슬기야, 아빠 왔다!"

나는 주인을 보고 반가워서 꼬리를 흔드는 강아지마냥 아빠에게 뛰어갔다.

"아빠, 다녀오셨어요!"

댄싱 위드 파파

Dancing with PAPA

⋮

중국

China

우리의 여행은 계속되었다

　　여행에서 돌아오자마자 아빠는 엄마를 붙잡고 딸내미 때문에 얼마나 힘들었는지를 과장된 표정을 지으며 하소연했다. 나도 이에 맞서 서러운 표정을 지으며 여행 중 아빠 때문에 힘들었던 순간들을 토로했다. 자신에 대한 험담을 듣던 우리의 두 눈이 마주쳤고, 이와 동시에 호언장담을 했다.

다시는 같이 여행가지 않겠다.

하지만 그 다짐은 그리 오래가지 않았다. 다시는 가고 싶지 않을 것 같았던 인도와 네팔이 그립기 시작했고, 함께 했던 순간들이 아름답게 미화되기 시작했다. 아빠와 나는 눈이 마주칠 때마다 "그때, 우리가~"로 시작되는 추억 이야기를 꺼내었고, 그 순간이 거듭될수록 조그마한 사건들도 마치 특별했던 이벤트처럼 커져갔다. 싸우고 토라졌던 감정들은 정리가 되고 즐겁고 행복했던 감정들만 남게 되었다. 그 후, 우리는 여행을 떠나고 싶을 때 자연스레 서로를 찾았다. 그 해 여름과 겨울, 두 번의 여행이 우리의 추억에 더해졌다.

제주도에 가면 올레 길이 있다. 그 길을 따라 걸으면 당신은 진정한 제주를 만나게 된다.

우연히 보게 된 제주 올레를 소개하는 TV 프로그램의 내레이션이 내 심장을 두드렸고 문득 제주가 궁금해지기 시작했다. 그리고 그날 저녁, 아빠에게 물었다.

"아빠, 제주도 갈래?"

인도 여행에서 서로에 대한 탐색전을 마쳤기 때문이었을까, 신기하게도 우리는 제주도에서 한 번도 싸우지 않았다. 우리는 실컷 웃고, 걷고, 배터지게 먹었다.

제주도를 여행하는 열흘 동안 동틀 녘부터 해 질 녘까지 걷고 또 걸었다. 이번 여행 주제는 극기 훈련인 것 같다는 농담을 주고받기도 했지만, 탁 트인 해안가와 봉긋 솟은 오름, 초록 들판과 까만 돌담길을 품은 제주도는 너무나 아름다워 자꾸만 걷고 싶어졌다. 짭조름한 바다 향을 품은 바람이 시원하게 불어오면 자리에 멈춰서 팔을 벌리고 찰나의 자유를 만끽했다.

우리는 첫날 묵은 온평포구의 마을 사람들과 정이 들어 떠나지 못하고, 저녁이 되면 다시 마을회관으로 돌아왔다. 우리가 도착한 날 마을에는 잔치가 벌어지고 있었다. 맛있는 냄새가 코를 찔렀고, 내 몸은 반사적으로 서글서글한 웃음을 지으며 잔치의 중앙부를 향해 걸어갔다. "한입만 먹어봐도 돼요?"로 조심스레 시작하여 어느샌가 트로트 '무조건'을 부르고 있었다. 그날 저녁 내 손에는 갓 잡아온 회, 과일, 성게 미역국, 한라산 소주가 들려 있었다. 아빠는 그런 나를 신기하게 쳐다보며 어디 가도 절대 굶어 죽진 않겠다는 이야기를 했다.

매일 저녁 "슬기 있어?"라고 묻는 사람들의 손에는 먹을 것이 들려져 있었고, 아빠와 나는 어쩔 줄 몰라 하며 기쁘게 받았다. 그렇게 하나 둘 사람들이 모이면 소박한 저녁은 기분 좋은 잔치로 이어졌다.

꽤나 성공적이었던 두 번째 여행의 추억은 우리를 다음 여행으로 이끌었다.
대학생으로서의 마지막 겨울, 우리는 중국 차마고도로 떠났다. 이번에는 아빠의
러브콜이 먼저였다.

"딸, 차마고도 갈래?"

인도 여행에서 나를 따라다니기만 하던 아빠는 이번에는 만반의 준비를 하고 온
모양이다. 중국 차마고도로 향하는 비행기 안에서 무언가 새까맣게 적혀있는 여행
노트를 꺼내어 내게 설명해준다. 자세히 보니 일정과 교통편, 숙소 등이 빼곡히 적혀
있었다. 뿌듯한 표정으로 설명을 마치더니 비밀 이야기가 있다며 내 귀에 속삭였다.

"엄마가 아빠한테 따로 여행 비자금 챙겨줬다."

나는 그런 아빠를 어이없다는 듯 쳐다보며 몰래 가지고 있어야 비자금이
아니냐고 물었지만 아빠는 가지고 있는 것만으로도 안심이 된다며 나를 보고
찡긋 윙크를 했다.
차마고도를 여행하는 한 달 동안 우리는 세계에서 가장 높고, 가장 험준하면서도
가장 아름다운 길, 그 길을 활개 치며 다녔다. 앞선 두 번의 여행으로 서로에 대한
믿음이 단단해진 우리는 길 위에서 마주치게 될 모든 것들을 온몸으로 받아들일
준비가 되어 있었다.

호흡 곤란

평균 해발고도 4,000m. 차마고도 여행 책자에서 빠지지 않고 등장하는 '고산병' 경고문을 심각하게 읽기는 했었다. '고산병은 2,000~3,000m 이상의 고지대로 이동 시 산소가 희박해지면서 나타나는 증상으로 두통, 구토, 호흡장애를 유발한다. 증상이 심할 경우 여행을 중지하고 고도가 낮은 곳으로 내려가야 한다.' 이처럼 무시무시한 내용 덕에 차마고도 루트를 따라 도시에서 다른 도시로 이동할 때마다 충분한 휴식을 취하며 고도에 적응하려고 노력했다. 하지만 시간이 지나자 고산병의 위험과 행동수칙은 까맣게 잊혀져갔다.

우리는 겁도 없이 케이블카를 타고 단 몇 분 만에 옥룡설산玉龍雪山의 4,600m 지점으로 올라갔다. 도착하기도 전에 어지럽기 시작했다. 아빠는 몇 발짝 걸어보지도 못하고 케이블카 입구 바닥에 드러누워 더 이상 못가겠다는 수신호를 보냈다. 나는 그래도 4,680m 표지판과 함께 인증 샷을 남겨야 한다며 바닥에 누군가 쓰고 버려 나뒹굴고 있는 산소통을 주워 호흡하며 난간을 붙잡고 겨우겨우 올라갔다. 정말로 정신이 혼미했나 보다. 군이 점프하는 설정샷까지 찍고는 숨을 헐떡거리며 장렬히 전사하였다.

부끄러운 이야기지만 설산의 풍경이 하나도 기억나지 않는다. 산소통을 부여잡고 옥룡설산과 한몸이 되어 바닥에 뒹굴고 있던 우리 모습만 기억날 뿐. 그런데 여행 중 이것보다 더 심각하고 피할 수 없었던 호흡곤란의 복병은 따로 있었다.

어디에서든 피울 수 있는 담배가 고산병보다 더 무서웠다. 추운 날씨에 문이 닫혀 있는 밀폐된 버스에서 모든 사람이 필터 없는 독한 담배를 피워댔다. 아빠는 우리나라도 80년대 공공장소에서 담배를 피웠다며 이 광경을 재미있게 관람했는데 코가 예민한 나는 담배 연기를 가득 채운 실험용 수조에 발버둥치는 생쥐 모습을 하고 있었다. 문을 열면 춥고, 안 열자니 연기 때문에 눈과 코가 매워서 숨을 쉴 수가 없고, 버스 말고는 이동할 방법이 없으니 이동할 때마다 매번 재난 영화를 찍어야만 했다.

차마고도. 누군가 내게 어떤 곳이냐 묻는다면 이렇게 이야기하고 싶다. 호흡 곤란으로 쓰러질 수 있는 곳. 숨이 멎을 법한 멋있는 광경으로, 고산병으로, 그리고 담배 연기로. 그래서 다시 가고 싶으냐고 묻는다면,

"물론이지."

깨진 잔

퍽퍽한 닭 가슴살을 먹으며 힘들게 만들어 온 복근이 사라질 위기에 처해 있다. 차마고도가 있는 윈난 지역은 강과 산으로 둘러싸여 식재료가 풍족해 산해진미로 가득했다. 한국인의 입맛을 사로잡을 매콤한 음식부터 기름기 가득한 음식까지. 궁금한 것들을 모두 주문하다 보면 식탁 위는 금세 듣지도 보지도 못한 요리들로 가득찼고, 우리는 매끼마다 바지의 훅까지 풀어 음식을 맛보며 즐거운 비명을 질러댔다.

그중에서도 리장麗江은 '음식은 어떻게 담아내느냐에 따라 맛이 달라진다.', '음식의 맛은 분위기가 좌우한다.'고 나름의 음식철학을 확고히 가지고 있는 우리에게 최고의 도시였다.

백 년 된 돌길과 전통 가옥들, 그 사이를 흐르는 물길, 전통복장을 한 사람들의 현악 연주, 집집마다 달려 있는 바람에 흔들리는 붉은 등. 그 속에 우리가 있고, 우리 앞에는 송이버섯 탕이 뜨겁게 끓어오르고 있다. 그리고 지금은 거나하게 취해도 상대에게 빨간 볼을 들키지 않을 밤이다. 우리는 중국 전통술 백주를 작은 유리잔에 돌려 담았다.

　　"세상살이 별거 있나 / 너랑 나랑 즐거우면 / 이태백도 안 부럽지."

내가 어설픈 중국 발음으로 즉석에서 만든 시를 노래하고 있을 때였다. 나를 보며 웃고 있던 아빠의 두툼하고 섹시한 입술에서 빨간 피가 투두둑 떨어진다. 잔이 깨져 있는 것을 모르고 술잔에 입을 댄 것이다. 우리는 너무나 놀라 소란 아닌 소란을 피우게 됐는데 그 모습을 보고 찾아온 주인장은 별것 아니라는 제스처를 취하며 다시 안으로 들어갔다.

　　"세상살이 별거 많다 / 술 마시다 피 흘렸다 / 술 마시면 안 아플까."

심각해진 분위기는 아빠의 답가로 다시 흥이 돋았고 그 후로도 한참 동안 말도 안 되는 한시를 만들어 불렀다.

호들갑

1박 2일 코스로 호도협^{虎跳峽}을 트래킹 했을 때다. 30일 치 짐에 기념품까지 더해진 무거운 배낭을 메고 온종일 등산할 생각에 벌써부터 힘이 빠져 있는데 호도협 입구에 가방을 맡아 주는 가게를 발견했다. 그런데 한 가지 문제가 떠올랐다. 바로, 가방을 맡기면 이곳으로 다시 돌아와야 한다는 것. 눈치 빠른 가게 주인은 돌아올 때는 산을 가로지르는 도로로 차를 타고 오면 금방이라며 우리의 선택을 도와주었다.

호도협은 호랑이가 건너다니던 협곡이라는 명성답게 굽이굽이 이어지는 가파른 길 아래로 옥빛 물결이 협곡을 휘돌아 지나갔다. 좁은 산길을 나는 앞에 아빠는 뒤에 서서 조심스럽게 걸었다. 아빠는 이렇게나 험준한 길이 티베트로 가던 마방들의 길이며 실크로드보다 오래된 길이라고 설명하고는 이 길을 처음 개척한 상인의 대단함에 탄복했다. 우리는 차를 실은 수십 필의 말이 이곳을 함께 걷는 모습을 상상하며 다시 길을 나섰다. 길을 걷다 눈을 사로잡는 굉장한 광경이 펼쳐지면 멈춰 서서 "야호!" 소리도 지르고, 그 장면을 오래도록 기억하고 싶어

148 •

한참을 바라보며 마음속 사진기로 사진을 찍었다.

감동스런 트레킹을 마치고 저녁을 먹으며 숙소 주인에게 호도협을 빠져나갈 차편을 물어볼 때였다. 그런데 생각지도 못한 소식을 우리에게 들려준다. 이곳의 찻길이 관광객 유치를 위해 도로를 넓히는 공사가 한창이라 호도협 초입에 맡겨 두었던 가방을 찾으려면 다시 산길로 되돌아가는 수밖에 없단다. 왔던 길을 다시 가야 한다는 놀라움보다 가방을 맡아 준다던 가게 주인의 거짓말 아닌 거짓말이 더 놀라워 피식 웃음이 나왔다.

다음날 아침, 나갈 채비를 하고 있는데 가게 주인이 우리를 불러 시내로 나갈 일이 있어 차를 불렀는데 같이 가지 않겠냐고 묻는다. 어제는 찻길이 공사 중이라고 해놓고선 어떻게 된 거냐고 묻자 다 방법이 있다며 같이 가려면 얼른 차를 타라고 재촉했다. 별일 없겠지 하고 따라 나섰는데 우리 생각이 완전히 틀렸다. 차를 타고 몇 분을 달렸을까. 쌓여있는 바위와 돌뭉치 위를 걸어서 지나가라 한다. 한 발 내디딜 때마다 무게에 못 이긴 돌 부스러기들이 협곡 아래로 떨어진다. 제대로 못 걷고 쩔쩔매고 있으니 공사장 인부가 손을 내민다. 나는 그 손을 잡고 겨우겨우 공사 현장을 빠져 나왔다. 입구에 도착하자마자 긴장이 풀려 눈물과 콧물이 쏟아져 나왔다.

정말로, 5분 먼저 가려다 50년 먼저 갈 뻔했다.

그날의 그 시간을 떠올리기만 해도 가슴이 벌렁거린다. 겁 많은, 나 혼자만의 호들갑일 수도 있지만. 그 옛날, 중국 차마고도 상인의 자식으로 태어났다면 지금보다 겁이 없었을까. 아니면 무서운 길에 혼쭐나며 어쩔 수 없이 산길을 오가고 있었을까. 아무튼 엄마 아빠의 자식으로 한국에서 태어나 참 다행이다.

샹그릴라의 비명

"으악! 으아아아아악!"

아빠가 장족과 한팀이 되어 말 위에서 대자연을 즐기고 있을 때, 내가 말 위에서 질러대는 단말마의 비명은 샹그릴라香格裏拉 초원 너머로 메아리를 만든다. 며칠 전, 산 하나를 달타냥처럼 멋있게 말을 타고 넘었던 기억이 생생해 이번에도 그렇게 할 수 있을 거란 상상이 빚어낸 처참한 결과였다.

그날 내가 탔던 조랑말은 마치 오랜 친구처럼 내가 원하는 대로 멈추고 걷고 뛰며 혹시 내게 숨겨진 승마의 기질이 있는 것은 아닐까 착각까지 들게 했었다. 아빠가 탔던 말은 가자는 신호에도 멈춰 서서 풀을 뜯고 나비를 쫓아가고 계속해서 자기 하고 싶은 것만 했다. 말 주인이 보다 못해 고삐를 끌고 가도 커다란 이를 드러내고 빙그레 웃기만 했다(말이 웃다니, 우리 눈에는 정말 그렇게 보였다). 여유롭게 말을 리드하던 나는 아빠를 바라보며 "말이 등에 태운 사람을 닮아서 그런가 봐." 놀리기도 했었다. 그런데 오늘, 상황이 완전히 역전됐다.

홀로 말을 타고 멋있게 샹그릴라 대초원을 달리는 모습을 너무 깊게 상상한 나머지, 큰 말을 혼자 타겠다고 우긴 것이 실수였다. 장족 여인이 '정 그렇다면 난 책임 못 져요.'라는 시크한 표정으로 휘파람을 불더니 말의 엉덩이를 사정없이 때렸다. 내가 탄 말은 앞발을 들고 푸르렁 거리며 콧소리를 내더니 전속력으로 달리기 시작했다. 나는 달리는 말에서 떨어질까 두려워 팔이 떨어져라 말고삐를 붙잡고, 허벅지가 터져라 안장에 매달려 있었다. 자연을 벗 삼아 즐기려다 그 자연에 영원히 묻힐 뻔한 순간이었다.

저 멀리 말을 탄 아빠가 머리가 살짝 날릴 정도의 속도로 우아하게 다가온다.

언제나 그대로이길

사진기의 셔터 소리마저 조심스러운 티베트 불교사원 송찬림
사[松贊林寺]. 눈을 감고 있으면 진공의 우주에 떠 있는 착각이 들 만큼 고요한 정적이
흐른다. 달라이 라마[Dalai Lama]의 숨결이 300년 이상 깃든 이곳에서 기도를 드린다.

언제나 그대로이길.

식사 시간마다 긴장하게 만들던 성한 곳 없는 그릇들도, 매캐한 담배 연기 가득
담고 굴러가던 작은 버스도, 인간이 감히 맞서지 못할 위대한 창조물인 대자연도,
도시의 것들에 물들지 아니하고 대자연에 순응하며 살아가던 사람들도. 다시
찾아도 이 자리에 있을 것 같은 짙은 갈색 옷을 입은 마른 승려도, 깊게 파인
주름진 손으로 입을 가리며 수줍게 웃던 이곳의 마을 주민도, 그리고 마니차를
힘차게 돌리며 소원을 빌던 우리도 언제나 그대로이길 기도한다.

모두의 염원을 담은 오색찬란한 깃발이 바람을 따라 나부낀다.

이제 떠나야 할 시간이다. 한국으로 돌아가야 할 시간이다. 여행지에서 현실로
돌아가는 것이 섭섭하거나 아쉽지 않은 편인데 이번에는 기분이 이상하다. 자주
가던 동물원에서 곧 문을 닫을 거라는 알림 글을 발견한다면 이런 기분일까. 다시
이렇게 또 긴 시간 아빠와 여행할 수 있는 행운이 나에게 주어질까.
두 번의 여행 호흡을 맞춘 우리는 차마고도에서 제힘을 발휘했다. 손발이 척척
맞았고, 이제는 어디로 떠나도 우리 둘이 함께라면 무서울 것 없는 '천하무적
여행 콤비'가 되어 있었다. 그러나 아쉽게도 꿈같았던 시간은 끝이 났다.

1월 차가운 겨울 월요일 새벽 다섯시가 채 안 된 시간. 부산역 플랫폼에는 하얀 블라우스에 까만 치마 정장을 차려 입고 까만 코트를 걸쳐 입은 모습이 어색한 지 자꾸 신경 쓰여 몸을 쭈뼛거리는 나와 내 손을 잡고 있는 아빠가 함께 있다.

기차가 들어왔다. 오늘따라 정시에 플랫폼으로 들어오는 기차가 야속하다. 콘크리트에 부딪히는 구두 소리와 캐리어 바퀴가 부딪히는 마찰음과 함께 기차 안으로 들어갔다. 기차 밖에 서 있는 아빠의 눈동자는 내가 자리에 잘 앉았는지 짐은 선반 위로 잘 올렸는지 바쁘게 확인 중이다. 유니폼을 곱게 차려 입은 승무원이 열차의 문을 닫으라는 수신호를 차장에게 보낸다. 이제 기차가 출발한다.

추운 겨울, 나는 그렇게 엄마 아빠 품을 떠났다. 이제 나는 정장 입은 모습이 어딘가 어색한 회사원이 되었고, 아빠는 발 닿는 곳으로 여행을 떠나는 제법 멋스러운 여행가가 되었다.

나는 아빠의 모습을 부러운 눈으로 바라만 봐야 했다.

· · ·

#1 망설이지 말고 부모님과 배낭여행을 하자.

부모님이 안심하실 수 있도록 어떻게 여행을 할지 구체적으로 설명한다. 패키지 여행과 다른 것은 가이드가 아들, 딸로 바뀌는 것뿐이라고 너스레도 떤다. OK 사인이 떨어지면 부모님 마음이 바뀌시기 전에 바로 비행기 표를 예매하자.

여행 전 준비 기간이 길면 좋다. 표를 끊은 순간부터 부모님은 여행 관련 프로그램을 더 재미있게 보게 되실 거고, 친구들과의 모임에서 자랑도 하실 것이다. 이때 부터가 부모님과 함께하는 여행의 시작이다.

#2 잘만 먹어도 성공한 여행이다.

필수품으로는 팩소주와 라면, 그리고 고추장. 여행 첫날, 낯선 환경에 '내가 여기 왜 따라온다고 했지?'하며 후회하실 부모님을 위한 필살기는 단연 팩소주와 뜨끈한 라면이다. 여행지에서 가장 힘들 때가 음식이 입에 맞지 않을 때인데, 챙겨간 고추장과 라면스프로 현지 음식에 조금씩 적응할 수 있도록 도와드리자.

> 인도

#3 여행지에서도 문화생활은 필수.

부모님과 함께 인도 현지 영화관에서 인도 영화, 일명 발리우드[Bollywood] 보는 것을 추천한다. 영화를 관람하는 사람들의 리액션이 영화보다 더 재미있다. 현란한 노래와 춤이 많은데다 대부분 권선징악이 주제라서 잘 알아듣지 못해도 왠지 정확히 이해한 기분이 든다. 추천 발리우드는, 〈세 얼간이〉.

• • •

네팔

#4 부모님이 등산을 좋아하신다면 망설이지 말고 히말라야로 떠나자.

여행지도 자신과 맞는 코드가 있다. 등산을 좋아하는 아빠는 안나푸르나 ABC 트레킹을 한 후 히말라야에 푹 빠졌고, 그 후 두 번이나 더 다녀오셨다(산을 좋아 하는 일반인들을 위한 히말라야 4대 트레킹 지역으로는 안나푸르나, 랑탕, 쿰부, 마나슬루 지역이 있다).

중국

#5 부모님이 가시고 싶은 곳으로 여행을 떠나보자.

중국 차마고도는 아빠가 아니었으면 평생 몰랐을 장소였다. 낯선 곳에서 기대하지 않던 것들을 얻어서 돌아오는 것이야말로 여행의 큰 재미 중 하나임에 틀림없다.

다큐멘터리로 만나는, 인도 · 네팔 · 중국

- 오래된 인력거(My Barefoot Friend, 2011)
- (세상에서 가장 위험한) 학교 가는 길(2014)
- 인사이트 아시아-차마고도(2007)

신이 우리에게 준 선물이었을까, 여행.

:

댄싱 위드 파파
Dancing with PAPA

/ 유럽 /

〈마음대로 살아봐〉 티켓

대부분의 사람들이 좋은 선택이라고 말하는 것이 어떤 사람에게는 '좋은 선택이 아님'을 서른이 넘어서야 알게 되었다.

기업 합격 통지서를 받은 2009년 가을, 기뻐서 얼마나 울었는지 모른다. 운 좋게도 원하던 회사에 합격을 했고, 마치 내가 그 회사가 된 것처럼 어깨에 힘이 들어갔다. 스물다섯의 나는 안도의 한숨을 내쉬었다. 그런데,

"딸, 하고 싶은 것을 하고 살아. 인생은 길지 않단다."

이상하게도 직장생활이 시작되자 부모님의 진심 어린 조언들이 머릿속을 떠나질 않았고, 월급통장에 잔고가 쌓여갈수록 내가 속해야 할 곳이 아니라는 생각만 커져갔다. 하지만 가지고 있던 것을 손에서 놓기는 결코 싫지 않았다. 그렇게 5년간 아등바등대던 어느 날, 매일같이 물어 오던 그 질문이 출근길 내 앞을 가로막고는 비켜서질 않았다.

무엇이 삶의 정답인지 아는 사람이 있을까.

조금은 하고 싶은 것을 하며 살아봐도 되지 않을까.

모험을 하려면 지금이 가장 좋은 때가 아닐까.

부모님께 진지하게 결심을 이야기하자 이미 알고 있었다는 듯 웃으며 등을 토닥여주셨다. 한번 마음을 먹으니 모든 것이 빠르게 결정되었다. 곧바로 사직서를 냈다. 그리고 '마음의 고향', 하와이로 떠났다.

첫 주는 오랜만의 휴식이 주는 달콤함에 빠져 있었고, 그 다음 일주일은 그동안 스스로를 왜 이렇게 힘들게 했는지, 내 자신에게 너무 미안해 펑펑 울었다. 그리고 마지막 일주일은 내가 누구인지, 어떻게 살고 싶은지, 무엇을 할 때 행복했는지에 대한 기억을 더듬으며 기록하는 시간을 보냈다.

솔직히 덜컥 겁도 났다. 내가 무슨 일을 저지른 거지. 결국 다시 안정적인 직장을 찾게 되지 않을까라는 생각이 불쑥 들어 마음이 심란하기도 했다. 내 마음을 어떻게 알았는지 때마침 아빠에게 전화가 왔다. 나는 그동안 적어 두었던 일기를 공유하며 수시로 변하는 마음을 어떻게 다스려야 할지 조언을 구했다. 아빠는 내가 〈마음대로 살아봐〉 티켓을 사 놓고 제대로 쓰지 못하고 있다는 일침을 날렸다.

통화 후 "이제 어떡하지?"라는 물음은 "이 시간에 무엇을 해야 〈마음대로 살아봐〉 티켓을 가장 값지게 쓰는 것일까?"로 변경되었다. 그리고 그것을 찾기 위해 지난 10년간 적어 놓은 일기를 천천히 읽어보기로 했다.

2013년 12월 29일

많이 다투기도 삐치기도 했지만, 아빠와 함께 떠난 배낭여행이 요즘따라 더 그립다. 시간 따윈 안중에도 없는 느릿느릿한 인도의 기차 안에서, 불이 들어오지 않는 히말라야 언저리 게스트하우스의 촛불 밑에서 서로의 인생관에 대해, 지나간 첫사랑에 대해, 삶과 죽음에 대해 끝도 없이 이야기 한 시간들. 델리의 소똥을 밟으며 마신 따뜻한 짜이 한 잔, 설사병에 걸려 아빠가 망보는 동안 몰래 똥을 누던 순간, 히말라야에서 아슬아슬하게 눈사태를 피했던 그 날의 시간들이 모두 너무 그립다.

아빠와의 여행은 그 순간보다 다녀온 후의 곱씹음이 너 좋았나. 회사를 다니면서 아빠와 함께한 여행에 대한 기록을 제대로 정리하지 못한 것이 늘 아쉬움으로 남았다.

서울로 가는 기차를 타기 위해 역으로 나를 데려다 주는 아빠에게 "여행 한 번 더 갈까?"했더니 갈등하고 있는 내 마음을 어떻게 읽었는지 산티아고 순례길을 가자고 한다. 무언가 내려놓고 비우고 오기에 딱이지 않냐며.

아빠랑 또 다시 여행을 갈 수 있을까.

그땐, 우리 둘의 여행을 책에 담아 아빠에게 선물하고 싶다.

책 제목은 〈댄싱 위드 파파〉

〈마음대로 살아봐〉 티켓을 제대로 쓰고 싶은 곳이 생겼다.
나는 곧바로 전화를 걸었다.

"아빠, 우리 여행 가자."

다리가 떨리면 늦다

가슴떨릴 때 떠나라

택시가 아파트 모퉁이를 돌아 시야에서 사라질 때까지
아내는 손을 흔들어 준다.
흥분과 함께 미세한 그리움이 인다.
언제나 나는 이 순간이 좋다.
배낭을 메고 아내의 배웅을 뒤로 하고 떠나는 이 순간이.

"잘 있어."
"잘 갔다 와."

텅 빈 집에 홀로 남아 있을 아내에게
미안함과 고마움을 담아 짧게 작별 인사를 건네면

아내도 적지 않은 나이에 무거운 배낭을 메고 돌아다닐

신랑의 건강을 걱정하며

진심을 담아 또한 짧게 인사를 건넨다.

유럽 여행은 나의 60대 버킷리스트 중 늘 부동의 1위였다.

환갑이 되는 그 해 꼭 떠나리라.

그러나 고백하건데

그동안 여행을 다닌다고 다녔으나 주로 40일 남짓의 동남아 위주였고,

여행하는 국가도 2~3개국에 불과했기 때문에

유럽대륙에 산재한 그 많은 국가와

그동안 알게 모르게 주워온 그 많은 정보들을 다 보고 오기에는

여행 일정, 이동 경로, 이동 수단, 잠자는 것까지

이 모두가 이제 막 여행 초보수준을 뗀 나에게는 난제였다.

특히, 백인의 본고장에 간다는 약간의 울렁증과 유레일패스의 난해함….

인도 자이살메르, 2009년

올 가을에 떠날 계획으로 여행 책자와 인터넷을 뒤져

여행 동선을 짜느라 끙끙거리고 있을 때,

서울에 있는 슬기가 전화로 나에게 여행 제안을 했다.

"아빠, 나하고 여행 안 갈래? 빡세게 고생하고 올 수 있는 곳으로."

슬기는 얼마 전 회사를 딱 5년 다니고 때려치운

자발적 백수 상태인 나의 큰 딸이다.

이때 퍼뜩 머리를 스치는 것이 두 가지 있었다.

하나는 오호! 슬기를 유럽으로 데려(?)가면

내 힘듦의 상당 부분을 해결할 수 있겠다는 기쁨과,

또 하나는 과거 멋모르고 인도 여행을 따라 나섰다가

호되게 딸아이 시집살이한 것이 떠오르면서

이번에도 또 당할지 모른다는 걱정이었다.

이 사실을 너무나 잘 알고 있는 아내

(인도 여행을 다녀오고 나서 아내에게 두 번 다시 슬기하고 가지 않겠다고

입에 거품을 물고 험담을 했었다)에게 먼저 상의를 했다.

"어떡하지?"

"가지 마. 이젠 지가 아쉬운가 보지."

"그렇지? 그럼 안 간다고 할게."

휙 돌아 전화기를 들려는데,

"그래도 이젠 지도 나이 들었는데 괜찮겠지.
요즘 슬기도 힘들 텐데 같이 갔다 오든가."

그리고 아빠는 이번에 갈 때에는 슬기 몰래 용돈도 두둑하게 챙겨주겠다는
이야기를 덧붙인다. 이야기는 내 각본대로 흘러갔다. 나는 아내와의 대화법을
너무 잘 안다.

"그래. 그럼 유럽으로 데려(?)가지 뭐. 과거 뭣 모르던 시절 내가 아니잖아."

그리고 호기롭게 슬기에게 전화를 걸었다.

"유럽 가자."

처음엔 망설이던 슬기는 나의 감언에 유럽으로 방향을 선회했고,
여행 동선도 나의 생각을 그대로 받아들여 디지털 시대의 솜씨를 유감없이 발휘,
여행은 가을에서 봄으로 당겨졌다.

세상에 나만큼 복 많은 사람이 또 있을까.
다 큰 딸이 아빠와 여행을 가잰다.

_그 날의 메모

인도 우다이푸르 시티팰리스, 2009년

꿈 이야기

나도 분명 꿈이 있었습니다.
그러나 그 꿈이 무엇이었는지
솔직히 생각도 나지 않습니다.

어쩌다 빛바랜 사진 속, 어설픈 모습으로 서 있는
나를 바라 볼 때 느끼는 아련한 가슴 아픔만이
꿈이 있었다는 흔적을 대신할 뿐입니다.

그동안 정말 치열하게 살아 왔습니다.
사는 게 너무 힘들어 언감 꿈이 있다는 말은 꺼내지도 못했습니다.

그러다 어느 날 그 일상의 흐름에서 제외되었을 때
그동안 짊어진 짐에서 풀려 난 홀가분함도 있으련만
오히려 길들여진 일상에서 혼자 버려졌다는
불안과 공포 그리고 공허함이 밀려 왔습니다.
갑자기 주어진 자유를 이겨 낼 면역이 없었습니다.
학창 시절 학교를 빼먹고 혼자 남겨졌을 때의 꼭 그런 기분이었습니다.
이 때 나의 사랑스런 딸 슬기가 배낭여행이라는 요술로

나를 이 굴레에서 벗어나게 해 주었습니다.

"그래. 적어도 은퇴 후의 내 꿈은 이것이었는지 몰라."

몸과 정신이 살아있는 한 꿈을 쫓아갈 것입니다.
다시 징징거리며 후회하지 않도록.

"슬기야, 고마워!!"

나는 '아빠'라는 단어가 참 좋다. 우리 딸 들이 나를 부를 때 쓰는 '아빠'는
보통명사가 아니라 고유명사이다.

인도 바라나시 갠지스 강가에서, 2009년

먼 이국땅에 자기 몸뚱이만한 배낭을 펭귄처럼 짊어진 부녀가 간다.

하나는 세월의 흐름에 밀려 나온 비자발적 백수이고,

또 하나는 좋은 직장을 과감히 때려치운 자발적 백수이다.

"그래! 근심은 개나 물어가라 하고

유럽 구석구석 잼나게 폼나게 돌아다녀 보자.

어떻게 사는 게 정답인지 한번 알아보자."

댄싱 위드 파파
Dancing with PAPA

⋮

잉국

United Kingdom

.
.

여행 D-1.
좋은 부모님을 만났습니다

"나는 부자 딸은 원하지 않아.
네가 신나게 웃으면서 할 수 있는 것을 찾았으면 좋겠어."

제가 회사를 떠날지 말지 고민하고 있을 때, 부모님께서 등을 토닥이며 해주신 이야기입니다.

좋은 부모님을 만났습니다.
좋은 부모가 된다는 것, 자식을 있는 그대로 바라봐 주는 것 아닐까요.

자신들이 봤을 때 분명 쉬운 길이 있는데도 어려운 길만 골라 간다니 얼마나 마음이 쓰이겠습니까. 설날, 추석, 각종 모임에 "요즘 딸은 뭐하니?"라고 물었을 때 평소처럼 자식 자랑을 할 수 없을지도 모르는데 말입니다. 나이 들어서는 자식 자랑하는 재미로 산다는데 말입니다.

자식놈이 하고 싶은 걸 하며 살겠다고, 어렵게 얻은 안정감을 해운대 바다 한 가운데 던져버린다고 했을 때 쉽게 그러라고 할 부모는 많지 않을 것입니다. 자식의 행복을 바라거나 자식을 있는 그대로 바라봐주기 때문에 부모님도 큰 용기를 낸 것이겠지요. 그저 감사할 뿐입니다.

드디어 내일 떠납니다.

아버지보다 하루 먼저 부산에서 서울로 떠나는 나를 배웅해준다며 부모님께서는 비도 많이 오는데 기차역까지 함께 나오셨습니다. 아버지께서는 짐이 무겁다며 기차를 타기 전까지 들어주시네요. 어머니께서는 우리 남편 잘 챙겨주라고 주머니에 용돈을 넣어 주시면서 서울 올라갈 때마다 하시는 이야기를 역시나 오늘도 빼놓지 않습니다. 돈 걱정하지 말고 먹고 싶은 거 있으면 사먹고, 보고 싶은 거 있으면 보고, 너무 고생 많이 하지 말라고 이야기하고 또 이야기하십니다. 저는 다 컸다고 생각하지만 아직 부모님 앞에서는 어린 아이인가 봅니다.

살고 싶은 대로 살 수 있을까요. 내가 나인 삶을 살 수 있을까요.

알 수 없습니다. 다만, 제가 한 선택이 옳은 선택이라 믿고 계속 걸어가 보려고 합니다. 한 가지는 확실히 알고 있습니다. 앞으로 힘든 날이 많을 거라는 거 말이죠. 하지만 슬픈 날 보다는 웃는 날이 많을 거라고 확신합니다. 마음이 우는 일은 더 이상 내버려 두지 않기로 했거든요.

삶 속에서 충분히 방황할 수 있는 자유를 선택하도록 응원해준 부모님께 효도하는 방법은 즐겁고 행복하게 사는 모습을 보여드리는 것이라 생각합니다. 느리게 갈 수도 있고 돌아서 갈 수도 있지만, 꼭 행복하려고요.

해야 할 것들을 위해 앞만 보고 경주마처럼 달려오던 삶 속에서 이번 휴식을 통해 "내가 누구인지", "무엇이 내 삶을 풍요롭게 만드는지" 천천히 찾아보려 합니다.

어쩌면 그토록 갈망하던 '하고 싶은 것'을 찾지 못할 수도 있겠죠. 하지만 지금 이 시간만큼은 '하고 싶은 것'을 하고 있으니 저는 참 행운아입니다.

참 다행입니다.
참 행운입니다.
좋은 부모님을 만났습니다.
참 고맙습니다.
많이 사랑합니다.

_2015년 4월 19일 여행 전날 기차역에서

철부지 큰 딸이 사랑하는 부모님께

여행 첫날의 마음 일기예보

"안녕하세요, 기상캐스터입니다. 저는 현재 여행의 첫 날을 맞이한 배낭여행자의 마음 속에 들어와 있습니다. 멋스럽게 짊어진 배낭이 경추와 요추를 사정없이 강타함에 따라 매미급의 강력한 태풍이 마음을 휘몰아치고 있다는 소식이 들리네요. 아, 다행히도 비행기가 이륙하는 순간부터는 두근거리는 마음에 기분이 맑아질 예정이라고 합니다."

여정의 시작과 함께 몸과 마음이 요동치기 시작한다. 더 이상 20대의 젊은 몸이 아니었다. 회사 생활로 지친 몸뚱이에 오랜만에 꾸리는 배낭은 욕심이 덕지덕지 달라붙어 가만히 서 있기만 해도 식은땀이 났다. '아빠는 어떻게 7년 전에 이 무거운 가방을 메고 다닌 거지?' 생각하고 있을 때, 서울역에 도착한 아빠에게 연락이 왔다. 우리는 헤어진 지 채 하루도 되지 않았는데 마치 이산가족 상봉하듯 반갑게 만나 두 부녀의 최고 만남의 장소인 맥도날드로 향했다. 오래 전 원시부족이 사냥을 나가기 전 치렀던 의식처럼 우리는 빅맥 세트를 주문하고 햄버거 사이에 케첩을 잔뜩 뿌리며 굳은 맹세를 했다.

싸우지 말기, 아니 덜 싸우기. 그리고 즐겁고 건강하게 다녀오기.

우리는 비행기 체크인을 하면서 생각지도 못한 여행 복병을 만났다. 인천에서 독일까지 가는 비행기의 좌석을 확인해 보니 아빠와 내가 서로 떨어진 것이다. 우리는 운명공동체라 같이 있어야 한다는 불쌍한 표정을 지어 봐도 만석인데다 여행사 단체 손님들이 좌석을 휩쓸어가 남은 자리가 없어 어쩔 수 없다는 설명만 되풀이했다. 정말 떨어져서 가야 되는지 묻는 아빠의 아쉬움 가득 섞인 질문에 "내가 누구야. 옆 사람에게 이야기해서 바꿀 수 있어."라는 자신감에 찬 대답으로 안심시키고는 우선 비행기를 타기로 했다.

하지만 예상외로 좌석을 바꾸는 것이 쉽지 않았다. 아빠는 자리에 앉아서 나만 바라보고 있었고, 나는 어정쩡하게 서서 주위 사람들에게 양해를 구해보려고 타깃을 고르고 있었다. 4월이 웨딩의 달이었던가. 주변에는 온통 신혼여행을 떠나는 커플들이 서로 깍지를 끼고 앉아있어 물어볼 만한 사람이 없었다. 이대로 13시간을 떨어져서 가야 하나 낙담하고 있었는데, 바로 그때였다. 어디선가 나타난 승무원이 몇몇 사람에게 양해를 구하더니 퍼즐 맞추기를 하듯 우리 둘이 함께 갈 자리를 만들어주었다. 그리고는 살짝 다가와서 "아버님과 따님이 함께 여행하시나 봐요. 너무 보기 좋아요."라고 하며, 안대와 귀마개 등 여행 필수품이 들어있는 작은 가방도 선물로 주었다.

따뜻한 마음의 선물로 금세 기분이 좋아진 우리는 조잘조잘 수다를 떨기 시작했다. 함께 여행을 다녀온 나라에 대한 추억 이야기와 우리가 앞으로 함께 여행할 나라들에 대한 기대감과 언제가 될지 모르지만 다음 여행지에 대한 이야기까지. 가령, 기린과 코끼리와 사자가 뛰어 노는 아프리카를 4륜구동차를 타고 신나게 달리는 이야기로 우리는 비행기 안에서 이미 지구본 위를 뛰어 놀고 있었다.

비행기의 엔진 소리가 커지면서 활주로를 신나게 달리더니 하늘로 날아오른다. 드디어 꿈 많은 아빠와 딸의 꿈같은 여행이 시작되었다.

댄싱 위드 파파, Dancing with PAPA!

이번에는 무엇을 남겨 놓고 무엇을 얻어올 수 있을까.

글쎄, 여행의 끝에 아무것도 없어도 좋다.

잠시 쉬며 인생을 뒤돌아 볼 수 있는 여유를 가질 수 있다는 것,

그 시간을 가장 믿는 한 사람과 함께 한다는 것으로 충분하다.

아빠의 시선

"하아…… 하얗게 불태워버렸어."

비행기가 영국 상공을 날아 서서히 착륙하기 시작한다. 아빠와 나는 신작 영화들이 가득한 개인 스크린과 계속해서 마실 수 있는 맥주와 와인, 그리고 출출하다 싶으면 나오는 기내식과 간식들을 즐기느라 비행기 안에서 한숨도 못 잤다. 빨간 토끼 눈으로 서로의 퀭한 얼굴을 쳐다보며 밤새 놀아 뿌듯하다는 웃음을 지어 보였다.

우리가 런던 히드로 공항에 있다니! 왠지 공항 스피커를 통해 휴 그랜트의 중저음 목소리로 영화 〈러브 액츄얼리〉 오프닝 내레이션이 나올 것만 같다.

If you look for it, I`ve got a sneaky feeling you`ll find that love actually is all around(조금만 주위를 둘러보면 사랑은 실제로 어디에나 있다는 것을 알 수 있다).

나는 아빠에게 영국 남자는 다 멋있을 것 같다며 이곳에서 마음에 드는 남자를 만나면 더 이상 함께 하는 여행이 어려울 수도 있다고 설레발을 쳤다. 아빠도 만만치 않은 설레발로 응답했다. "외국인 사위 만나게 되는 거야? 그럼 일 년에 한 달은 너희 집에서 살아도 돼?"

공항을 두리번거리며 있을지 없을지 모를 남편과 사위 찾기 놀이가 시시해질 때쯤, 우리는 엄마와 동생이 생각났다. 매일 연락하기로 했고, 여행 중간에 다 함께 만나기로 되어 있었기 때문에 언제든지 연락할 수 있고 무제한 인터넷이 가능한 유심칩이 필요했다. 우리는 공항 휴대폰 가게에 들러 유심칩을 구매해 들고 있던 휴대폰 속에 있는 칩과 바꿔 넣었다. 한국 휴대폰에 새로운 영국 번호를 부여받은 아빠는 마치 신세계를 발견한 사람처럼 어떤 원리로 작동하는지, 로밍과는 어떤 점이 다른지 궁금한 점들을 지하철을 타러 가는 동안 계속해서 물어보았다. 한참 동안 설명을 들은 아빠의 결론,

"나라별로 유심칩만 사서 바꿔 넣으면 인터넷을 저렴하게 쓸 수 있으니 앞으로 배낭여행을 더 편하게 다닐 수 있겠네!"

영국의 지하철은 튜브라고 불린다더니 정말 쥐구멍처럼 동그랗게 생겼다. 우린 도시로 나들이 온 시골 쥐처럼 잔뜩 긴장한 채 우리가 타는 지하철 노선이 맞는지, 방향은 맞는지 몇 번이나 확인을 해야만 했다.

멀리서 굉장한 바람을 일으키며 런던의 지하철이 도착했다. 자동으로 열리지 않는 유럽의 지하철 문이 처음이었던 아빠는 고장 난 것 같으니 얼른 다른 칸으로 가자며 허둥댔다. 나는 유럽 여행 마스터처럼 "아빠, 유럽 친구들은 수동을

좋아하더라고. 여기 이 버튼 누르면 열릴 거야."라며 지하철 문 열기 기술을
선보인다. 아빠는 지하철 내부를 한참 스캔하더니 작은 목소리로 속삭인다.
"지하철이 콩꼬가리 만하네. 키 작은 나도 천장에 머리가 닿을 것 같아. 의자와
의자 사이도 정말 좁다. 짧은 다리도 이렇게 의자랑 닿는데 유럽 사람들은 어떻게
그 긴 다리를 구겨 넣지?"하며, 모든 것을 신기하게 쳐다보았다. 그리고 이어지는
한마디.

"슬기야, 나는 영국에는 금발에 쭉쭉 빵빵 미녀들과 잘생긴 신사들만 있는
줄 알았거든? 그런데 피부색도 다양하고 작고 못생긴 사람들도 많다. 아,
걱정 덜었어. 얼굴에서 밀릴까 봐 내심 걱정 많이 했거든."

아빠는 정말 걱정 한시름을 놓은 표정이었다. 같은 사물을 봐도 아빠는 내가
생각지도 못한 새롭고 다양한 시선들을 내게 전달한다. 같은 곳을 보고도 다른
생각을 한다는 것, 또 그것을 공유하는 것이 아빠와의 여행 속 큰 즐거움이
되어준다. 이번 여행은 아빠의 시선으로 여행을 누려야겠다.

흔들거리는 좁은 지하철은 쿵탕쿵탕 굉음을 내며 빠른 속도로 달린다. 우리는
큰 배낭을 보물 꾸러미처럼 꼭 끌어안고 혹시나 내려야 할 지하철역을 놓치지
않으려고 다음 역을 알려주는 전광판에 집중했다.

런던의 밤은 깊었는데
잠은 오질 않네

밤 12시, 우리는 런던아이가 보이는 공원에서 산책을 했다. 근처 가게에서 가장 시원해 보이는 맥주도 두 개 샀다. 너무 피곤해 그냥 자고 싶었지만 숙소를 보고 표정이 굳은 아빠의 얼굴이 마음에 걸려 데이트를 신청했다.

맥주 캔을 따 아빠에게 건네며 왜 그런지 물어보니 20대만 가득한 도미토리에 머리 하얀 자신이 섞이면 서로 불편하지 않을까 걱정된다는 이야기를 꺼냈다. 다양한 연령층의 외국인들이 있는 호스텔의 도미토리는 여러 번 겪었지만, 어린 한국인 친구들만 가득한 도미토리는 처음이라 당황한 것 같았다. 하루에 한 끼 정도는 한식을 먹는 게 아빠에게 좋을 거라고 생각해 일부러 한인 민박을 잡았는데 판단을 잘못한 것 같다는 후회가 스쳐 지나갔다. 짧은 기간이면 호텔에서 묵게 해드릴 텐데 장기 여행이라 매번 호텔에서 자기도 부담스럽고 앞으로 어떡해야 할지 고민이 되었다.

지금은 너무 늦었으니 하루 지내보고 정 불편하면 다른 곳으로 옮기자는 이야기를 꺼냈다. 나도 오랜만에 여러 명이 함께 자는 도미토리에서 지내는 거라 불편한 것은 사실이니, 아빠 마음이 십분 이해가 되었다. 숙소에는 다행히 1인실이 비어 있어 아빠 방을 변경할 수 있었다.

숨을 쉴 때마다 삐그덕거리는 2층 침대 위에 몸을 눕히고 숙소 고민을 하다 잠이 들었다. 온몸을 쫀쫀하게 감싸는 침낭 코스튬 때문이었을까, 어제 비행기를 너무 오래 타서였을까, 아니면 우리 둘 다 즐겁게 여행해야 한다는 걱정의 무게감 때문이었을까. 나는 아빠와 함께 슈퍼히어로 복장을 입고 날아다니며 여행하는 꿈을 꾸었다.

새벽 4시. 시차 때문인지 몸은 피곤한데 잠이 오질 않는다. 주방으로 나가보니 익숙한 얼굴이 접시에 김치를 담으며 나를 반긴다. 아빠도 잠이 오지 않아 라면을 끓이는 중이었다. 김치에 라면을 호로록 먹으며 밝아올 아침을 걱정했다. 이렇게 못 자다가는 무려 한 달 전 예매해 둔 뮤지컬을 제대로 즐기지 못하고 둘 다 졸 것이 분명했기 때문이다.

잠이 오지 않더라도 체력 비축을 위해 누워서 쉬기로 하고 인사를 건네려는데 아빠는 정말 뜬금없는 말을 하며 자리에서 먼저 일어났다. "너 눈썹이…. 백만 불짜리네. 동물농장에 나오는 강아지가 그 눈썹이었는데." 평소였으면 분명 나도 한마디 했을 텐데 아빠가 농담할 기운이 있는 거 보면 아직 많이 피곤하진 않은가 보다 싶어 피식 웃음이 났다.

약속 시간에 맞추어 주방으로 나가 보니 여행자들의 이야기 소리로 시끌벅적하다. 아빠는 자신이 만든 달걀 볶음밥과 야채샐러드를 같은 방에 묵는 아이들과 함께 먹으며 담소를 나누고 있다.

아이들은 아빠뻘 되는 아저씨가 배낭여행을 하는 게 신기했는지 주변에 앉아 귀를 쫑긋 세우고 아빠가 그동안 다녀온 여행지의 에피소드를 경청하고 있다. 아빠는 약간의 향신료로 지금은 딸과 함께 여행한다는 이야기도 잊지 않는다. "저희도 나이 들어서 아버님처럼 멋있게 여행하며 살고 싶어요.", "저도 다음번에는 부모님과 함께 여행할래요."라는 말에 아빠의 어깨가 으쓱해진다.

커피 한잔을 끝으로 이야기를 마무리하고 아빠와 길을 나섰다. 아빠는 도미토리에서도 잘 지낼 수 있으니 걱정하지 말라며, 어제는 첫날이라 시동이 걸리지 않아 그랬던 것 같다며 내 머리를 쓰다듬으며 나를 안심시켰다. 어젯 밤 내내 끙끙대던 걱정이 사라지니 콧노래가 저절로 나온다. 런던의 시원한 공기도 햇살도 참 좋다.

한동안 내리던 비가 그치고 유난히도 맑은 아침, 예감이 좋아~~~♪

내 맘을 들었다 놨다

템스 강을 따라 걸어본다. 어젯밤 강렬한 색을 뿜어내던 런던
아이는 아침 햇살의 색으로 물들어있다. 대신 빨간 전화박스와 빨간 이층 버스,
까만 택시, 금빛으로 빛나는 빅배이 런던의 상징이 된다. 아기자기한 소품들이
놓인 길 위로 다양한 사람들의 모습이 이곳의 거리를 활기차게 만든다. 지하철
상점 앞 아침을 사먹는 사람들, 형광색 옷을 입고 차들과 함께 자전거를 달리는
사람들, 긴 다리를 뽐내며 조깅하는 사람들, 출근 전 헤어짐이 아쉬워 키스하는
연인들, 트렌디한 정장 또는 자신만의 개성이 담긴 옷을 입고 출근하는 사람들의
모습. 나는 괜히 출근하는 사람들과 반대로 걸으며 '평일에 출근하지 않는 자'의
기분을 만끽했다.

하루하루의 일정을 현지에서 즉흥적으로 정하기로 한 우리는 공원 벤치에 앉아
어디를 갈지, 어떻게 움직여야 효율적으로 볼 수 있는지 등에 대한 이야기를 나누
었다. 아빠는 전체적인 일정을 짜느라 네가 고생을 많이 했으니 세부적인 일정은
자신에게 맡기라고 하며, 아침 일찍 일어나 알아본 여행 계획을 자세히 설명해준다.

새벽에 일어나 동굴탐험할 때나 쓸 법한 램프를 이마에 쓰고 돋보기안경을
장착한 후 작은 글씨들이 수놓인 책과 지도를 이리 보고 저리 보며 궁리했을
아빠의 모습이 떠올랐다.

아빠는 내가 아는 남자 중 가장 멋진 사람이다. 안 해줄 것 같으면서도 내가
원하는 것을 어떻게 귀신같이 알고는 필요한 순간에 짠~ 하고 보여주는 최고의
매너남이다.

그런데 아빠,

이렇게 잘해줄 거면서 그땐 왜 그렇게 튕겼어요?

여행 한 달 전 일이다. 아빠에게 어딜 가고 싶은지 의견을 물으니 생각지도 못한 유럽을 이야기하셨다. 우리가 늘 가고 싶어 했던 산티아고 순례길이나, 북경 라싸 행 칭창열차를 타고 떠나는 티베트, 그것도 아니면 아프리카를 기대하고 있었는데 정말 뜬금없이 유럽이라니. 사실 볼 것이 너무 많아 오히려 여행 루트를 짜기 어려운 곳이 유럽이다. 나는 아빠에게 유럽의 어떤 곳에 가고 싶은 건지 다시 물었다. 아빠는 '유럽이라고 불리는 유럽'을 보고 싶다는 선문답 같은 대답을 했다.

얼마나 길게 여행할 수 있는지 일정을 물어보았다. 분명 전에는 딸내미 원하는 만큼 길게 갈 수 있다고 했으면서 아빠는 너무 길게는 못 간다며 일정 협상까지 시도했다. 남자의 마음도 갈대인가. 백수면서 왜 이렇게 바쁜 척하냐고 핀잔을 주었더니, 원래 백수가 더 바쁜 법이라며 아빠의 놀이터인 '사랑농장'의 대대적인 공사 내용을 이야기한다. 덧붙여 자기는 '보고 싶고, 지키고 싶은 사람이 있어 오래 떠나지 못하는 멋진 남자'라는 것도 강조했다. 나는 둘 다 만족하는 여행을

위해 여행일정표를 같이 만들자고 했다. 그러자 아빠는 딸만 믿는다는 이야기로 끝을 낸다. 어디로 갈 건지 궁금하지도 않은가 보다. 아빠의 약간의 관심과 동의가 필요해서 물어 본 말인데 그걸 몰라주다니. 분명 믿는다는 좋은 말이었는데 왠지 아빠가 얄밉게 느껴졌다.

80일은 아빠가 원하는 '유럽이라고 불리는 유럽'을 다 넣기에 길지 않은 날짜였다. 하지만 '찍고 땡'식의 여유 없는 여행을 만들지 않기 위해, 여행의 피로도가 높은 도시와 휴식을 취할 수 있는 한적한 곳을 적절히 배분하기 위해 컴퓨터 앞에 앉아 전투적으로 정보를 수집하고 비교했다. 마지막으로 유럽에서 가이드를 하는 지인에게 물어보는 과정까지 마치고 나서야 드디어, 여행일정표를 완성했다.

아빠, 다음번에 기적처럼 또 같이 여행을 떠나게 되면 그땐 너무 튕기지 말고 같이 여행 계획 짜요. 가끔 옆에 앉아서 뭐하고 있냐고 물어봐 줘도 좋고, 나 어릴 때처럼 아이스크림 같이 먹으며 훈수를 둬도 좋아요. 어차피 도와줄 거였잖아요. 요즘 너무 무뚝뚝한 남자는 매력 없습니다.

내 소중한 사람에게

부부싸움이 칼로 물 베기라면, 부녀싸움은 '비 온 뒤에 땅이 굳는다.' 라고 이야기할 수 있을까. 그렇다면 오늘 우리는 시원한 소나기를 흠뻑 맞았다.

노랑, 빨강, 하양, 분홍, 보라. 색색의 튤립들이 끝없이 펼쳐진 공원을 지나 버킹엄 궁전으로 향하고 있다. 시계를 보니 서둘러 가면 성냥개비 마냥 크고 까만 털모자를 덮어 쓰고 빨간 제복을 입은 근위병 교대식을 볼 수 있을 것 같았다. 궁전 앞은 이미 전 세계에서 온 인파들로 가득했다. 아빠는 많은 사람들 속에서 나를 잃어버릴까 걱정이 되었는지 내 손을 꼭 잡았다.

쇼~ 타임!

매년 여름마다 즐기는 락 페스티벌에서 연마한 '사람들 사이의 틈을 기가 막히게 뚫고 지나가는 신공'을 런던에서 선보일 시간이다. 한번 스윽 둘러보고 인파들의 가로, 세로, 두께 등 견적을 확인한 후 가장 약해 보이는 곳을 향해 시간차 공격! 했으나 실패, 중간에 끼어 인간 샌드위치가 되고 말았다. 이러지도 못하고 저러지도 못하는 상황에 당황하고 있는데 아빠가 갑자기 셀카봉에 카메라를 끼워 쭉 늘리더니 화면을 통해 교대식을 보면서 여유롭게 사진을 찍는다. 아빠의 카메라 렌즈를 통해 까만 털모자를 눈 아래까지 덮어쓴 근위병의 모습을 보며 앞이 보이기는 하는지, 근위병은 턱이 잘생긴 사람을 뽑는건지 등 엉뚱한 생각을 하고 있을 때 아빠가 환호성을 질렀다.

"와! 외국인이 이렇게 많은 거 처음 본다. 정신이 하나도 없어."
"아빠, 여기서는 우리가 외국인이야."

아빠는 평생 볼 외국인을 다 본 것 같다는 들뜬 표정을 지으며 재미있는 사진을 찍었다고 자랑을 한다. 확인해보니 엄청나게 많은 사람들이 카메라를 들고 근위병 교대식을 찍어 대는 뒷모습이 담겨 있었다. 아이돌이 나오는 콘서트 현장 같은 모습이다. 엄마에게도 보내겠다며 결연한 표정으로 휴대폰으로도 사진을 찍어 문자메세지를 전송한다. 근위병들이 퍼레이드를 하며 시선 밖으로 사라지자 수많은 인파들도 사라진다. 나는 전 세계의 많은 사람들이 열광하는 문화유산을 가진 유럽을 향한 부러운 시선을 감출 수가 없었다. 더불어 배고픔도 감출 수가 없었다.

마침 공원 근처에 작은 테이크아웃 상점이 보였다. 메뉴가 단출하다. 빵 사이에 소시지 하나를 넣어 주고, 콜라와 함께 주는데 우리 돈으로 만 원이 넘지만 배가 고픈 우리에게는 선택권이 없다. 소스도 직접 넣어야 했는데, 몸통이만한 노란 겨자소스 통을 잡고 사투를 빌이다 그만 빵 사이로 들어가야 할 소스가 옷에 튀어 정체모를 그래피티를 그렸다. 부전여전이라 했던가. 아빠는 빨간 케첩으로 옷에 그림을 그리는 중이었다. 알록달록하게 묻은 소스를 대충 휴지로 닦아 수습하고, 우리도 유럽인처럼 한가롭게 앉아 햇살을 즐기기 위해 공원으로 입장했다. 해가 있는 곳은 햇살이 뜨겁고 그늘진 곳은 추워 어정쩡하게 반을 걸쳐 앉았다. 아침 이슬 때문인지 잔디도 젖어 있었다. 아직 진정한 배낭여행자가 되지 못한 우리는 사소한 걸로 투덜거리며 길거리에서 나눠준 광고지를 방석으로 사용했다.

한 입 거리도 안 되는 점심을 먹고 아빠가 아쉬워하고 있을 때, 나는 한국에서 챙겨온 작은 스케치북과 색연필을 의욕적으로 꺼냈다. 유럽에 오면 밥 아저씨처럼 길거리에 앉아서 그림을 그려보고 싶은 로망이 있었다. 아빠도 감성 소년이었으니까 분명 좋아할 거라 생각하며, 스케치북을 내밀었는데 본체만체한다. 분명 한국에서는 같이 그리겠다고 약속해서 무겁지만 일부러 두 개나 챙겨왔는데 이럴 수는 없다.

티격태격 말다툼을 하다 급기야는 서로 화를 내기 시작했다. 오전에 있었던 담배 이야기까지 꺼낸다. 유럽은 물가가 비싸니 담배가 필요하면 면세점에서 사자고 했었는데, 아빠는 요즘 금연 중이라며 사지 않는다고 했다. 그런데 아침에 공원에서 산책을 하다 담배 피는 사람들을 보시더니 담배 생각이 난다며 가까운 상점을 찾는 것이다. 담뱃값은 그렇다 치고 한국에서 오백 원 하는 라이터가 하나에 삼천 원이 넘는다. 이상하게 왜 한국 밖으로만 나가면 적은 돈도 아까워지는지 어차피 결국에는 사게 될 것이라는 것은 알지만 나는 옆에서 잔소리 미사일을 쏘아댔다.

하루도 안 되는 시간 동안 어젯밤에는 숙소, 오늘 아침에는 담배, 오후에는 그림 그리는 것 때문에 싸우다가 결국 누가 먼저랄 것도 없이 이럴 거면 헤어지자고 선언했다. 하마터면 우리의 이야기가 여기에서 끝날 뻔한 것이다.

아빠가 먼저 자리에서 일어섰다. 우리는 특별하다고 생각했는데 떨어져 지낸 기간이 길어서인지 마음에도 없는 이야기들만 서로의 귓가를 때리고 본래 전달하고 싶은 진심은 하늘로 공중분해되는 느낌이었다. 마음은 그게 아닌데 왜 못난 말만 입에서 나오는지. 그냥 미안하다고 한 마디만 먼저 꺼내면 되는데 입 안에서만 맴돌았다. 어느 누구도 승자가 없는 싸움인데 나는 왜 차가운 말로 세상에서 가장 소중한 사람을 속상하게 했을까. 아빠를 바로 따라갈까 했지만 나는 그냥 그 자리에 앉아 있었다. 서로에게 마음을 진정시킬 수 있는 시간이 필요했다. 이 자리에 있으면 아빠가 다시 올 거라는 것을 믿었다.

저기 멀리서 아빠가 다시 내게 다가왔다. 난 또 아빠의 그 모습을 다 봤으면서 괜히 모르는 척했다. 아빠는 같이 가자고 이야기했다. 이 넓은 땅에서 딸내미 잃어버리면 엄마한테 혼난다면서. 아마 우리가 여기까지 와서 이렇게 싸우며 지내는 것이 속상하니 어서 화 풀고 같이 가자는 것을 돌려 말한 것이 분명했다.

공원의 호숫가에는 오리들이 헤엄치며 놀고 있다. 어미 오리 뒤로 아기 오리들이 뒤따른다. 나는 아빠 바로 옆에 서서 걷기가 부끄러워 저 오리 새끼 마냥 아빠 꽁무니를 졸졸 따라갔다.

오늘 맞은 소낙비가 마르고 나면 땅이 더 단단해져있으면 좋겠다. 우린 울트라 캡숑 나이스 케미를 자랑하는 부녀 사이니까 젖은 땅도 금방 마르겠지.

비밀의 공간으로 초대합니다

누구에게나 그렇듯이 나에게도 비밀의 공간이 있다. 그곳에 있노라면 마음이 차분해지고 이카로스의 날개로도 하늘 높이 날 수 있을 것 같은 자신감이 생긴다.

내게 비밀의 공간은 공연장이다. 하와이에서도 해변에서 선탠을 즐기는 것보다 아무도 없는 공연장에 앉아있는 시간을 더 좋아했다. 은은한 조명, 스테이지 나무 바닥의 냄새, 소리의 울림, 마지막으로 적막감까지. 화려한 쇼가 열리지 않아도 공연장은 만난 지 얼마 안 된 애인처럼 설렘을 주는 장소였다. 매일 출근하다시피 가다 보니 오디션에도 참석하게 되었고, 어느샌가 나는 공연장 위에서 스포트라이트를 받고 있었다. 이보다 더 짜릿한 순간을 또 맛볼 수 있을까. 머리부터 발끝까지 온몸의 신경 세포들이 신나서 온갖 색의 폭죽을 터트리는 느낌이었다.

아빠를 내 비밀의 공간에 초대하고 싶었다. 그래서 영국 일정이 정해지자 마자 뮤지컬 검색에 나섰다. 지난 번 뉴욕 여행에서 매진이라 볼 수 없었던 〈위키드Wicked〉가 꼭 보고 싶었는데, 노래도 부르고 춤도 추지만 영어로 진행되는

공연이라 아빠에게는 재미없을까 봐 걱정이 되었다.

나는 아빠를 위해 공연의 노래와 줄거리를 한국어로 번역하고, 관련 영상까지 만반의 준비를 한 후 프레젠테이션을 시작했다. 〈오즈의 마법사〉의 숨겨진 이야기를 담은 위키드는 2003년 미국에서 초연된 이후 지금까지 브로드웨이 박스 오피스 1위를 하고 있는 뮤지컬이라고 신나게 설명한 뒤, 준비한 하이라이트 영상을 틀었다.

"어때? 진짜 멋있겠지?"

아빠는 내 눈치를 슥 보더니, 한국인은 4분의 4박자가 신난다며 '쿵쿵짝짝' 리듬을 흥얼거린다. 1차 시도 실패. 하지만 이대로 물러설 수 없다. 아빠가 보고 싶은 뮤지컬이 있는지 슬쩍 물어본다. 아빠는 아는 뮤지컬을 하나씩 호명하더니, 사람보다는 고양이가 주인공인 〈캣츠〉가 재미있을 것 같다고 한다. "그럼 각자 보고 싶은 거 하나씩, 뮤지컬 두 편 보는 건 어때?" 아빠는 내 제안에 기분 좋게 승낙했다.

버스는 목적지인 피카딜리 서커스^{Piccadilly Circus}에 멈춘다. 피카딜리 서커스. 흥겨운 이름에서도 느껴지듯이 이곳은 런던 최고의 만남의 장소이다. 원 모양의 도로 사이에 놓인 분수대 옆은 누군가를 만나기 위해 혹은 그 장소의 분위기를 느끼기 위해 모여든 런더너들과 관광객들로 북적거린다. 그 위로는 화살을 누구에게 쏠지 고민하는 사랑의 신 큐피드가 있다. 동그란 서클 모양의 도로 밖으로는 방사형으로 여러 갈래의 길이 뻗어 나간다. 그 길을 따라 유명 브랜드숍, 분위기

있는 레스토랑, 런던 최대의 장난감 가게 등 남녀노소 누구나 원하는 것을 가질 수 있고 즐길 수 있는 향락의 공간이 이어진다. 번쩍거리는 네온사인 사이로 뮤지컬 공연의 간판들도 보인다. '뉴욕의 브로드웨이'와 함께 뮤지컬의 양대 산맥이자, 세계 4대 뮤지컬의 초연이 열렸던 곳인 '런던 웨스트엔드'에서 내가 뮤지컬을 보게 되다니!

멀리서부터 품어져 나오는 극장 간판의 아우라에 설레고, 까만 정장에 나비 넥타이를 매고 티켓을 확인해 주는 멋진 영국 남자에 반하고, 들어가는 입구부터 공연장까지 한 공연만을 위해 디자인된 전용극장을 보고 입이 벌어졌다. 세상에! 자리마다 망원경도 비치되어 있다. 그것도 영국의 포인트색, 빨간색으로. 공연을 기다리며 아빠에게 브로드웨이나 이곳에서 연기자나 연출자로 일하면 어떤 기분일지, 꿈같은 이야기도 마구 해본다. 가끔은 꼭 이루고 싶어서 이야기하는 꿈도 있지만 이야기하는 것만으로도 마치 해낸 것처럼 여겨지는 즐거운 꿈도 있으니까.

커튼이 열리고 공연이 시작되었다. 연기자의 표정, 몸짓, 발성은 정말 어마어마 했다. 고음까지 완벽하게 라이브로 부르는 노래 실력은 뮤지컬에 관심 없다던 아빠도 뿅 가게 만들었다. 쉴 틈 없이 바뀌어 긴장감을 더해주는 무대장치와 조명, 그리고 공연에 필요한 모든 소리를 만들어내는 오케스트라 연주까지. 뮤지컬의 본고장의 저력에 저절로 고개가 끄덕여졌다. 내가 고른 〈위키드〉, 아빠가 고른 〈캣츠〉, 모두 기대 그 이상의 공연이었다.

중간 쉬는 시간, 아빠는 졸음과 싸우다 격렬하게 잠들어 버렸다. 시차 적응에

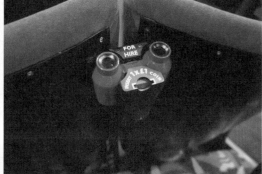

실패한 아빠는 그 멋진 공연 앞에서 쉬는 시간이 지난 후에도 눈을 뜨지 못하고 있었다. 멋진 장면이 나와 내가 옆구리를 콕 찌르면 안간힘을 다해 눈을 파르르 떴다가도 내가 보지 않으면 스르르 다시 눈을 감았다.

밤 10시. 공연이 끝나고 사람들이 쏟아져 나간다. 아빠는 공연보다 공연장 밖을 가득 메운 사람들의 모습이 더 신기한가 보다. 공연장 밖 사람들의 모습을 사진으로 찍어 달라고 주문한다. 버스를 타고 집에 오는 이층 버스에서 쳐다본 피카딜리의 밤은 화려했다. 아빠는 런던은 잠들지 않는 도시라면서 감탄하며, 창문 밖으로 피카딜리의 수많은 공연장에서 쏟아져 나오는 사람들을 구경하였다. 정작 뮤지컬은 제대로 보지도 못했으면서.

흔적을 남겨야 할 것 아이가!

"슬기야, 여기서 한 번 찍어줄래?"

"슬기야, 저기서도 한 번 찍어봐."

"슬기야, 거기도 좋다. 한 번 찍자."

"슬기야~"

"슬기야아~~~"

아빠는 영화 세트장 같은 런던에서 한 발짝 걸을 때마다 같은 포즈를 취하며
사진을 찍어 달라고 하셨다. 아무리 복고가 유행이라지만 무표정한 얼굴로 80년대
사진첩에나 나올 것 같은 포즈를 취하고 있다. 어차피 찍을 거면 좀 멋있게
서보라고 하지만 자세가 전혀 바뀌지 않는다. 여행의 즐거움이나, 생동감이라고는
전혀 느껴지지 않는 표정으로 팔짱을 끼고 사진기를 바라본다.

"내가 왔노라! 영국아!! 내가 왔다!!!"

"슬기야, 내가 온 흔적 잘 남겨 놨지? 잘 찍어야 돼!!!"

좋다. 지금부터 내가 아빠를 사진기 속에서 빛나도록 만들겠다. 아빠가 움직이지
않으면 내가 움직인다. 나는 아빠를 세워두고 나를 보지 말고 시선은 저쪽
저어기 멀리 보고, 우수에 찬 표정을 지으라고 이야기한다. 똑딱이 카메라를 마치
DSLR처럼 요리 조리 움직이며 아빠가 살짝 살짝 움직일 때 자연스러운 포즈를
잡아내려고 셔터를 찰칵찰칵찰칵 연사로 눌러댄다.

분명 아무것도 하지 않고 내가 움직였는데 아빠는 역시 모델은 아무나 하는 게
아닌 것 같다며, '휴, 진짜 힘들었어.'라는 표정을 짓고는 또 다른 곳으로 가 나와
카메라를 지그시 쳐다본다.

"아빠, 유럽 와서 좋아?"

"쥑이네!!"

"그런데 왜 나는 안 찍어 주고 아빠만 찍어?"

"깜빡했다. 니도 요기 온나. 내가 뽀샤시하게 찍어줄게."

사진기 속의 아빠와 나는 우리가 지을 수 있는 가장 멋있고 즐거운 표정을 하고
있다. 우리의 젊은 날 흔적이 고스란히 남겨진 사진들을 모아 십 년쯤 지났을 때
함께 보면 어떤 기분일까. 미소 짓고 있을 우리의 모습이 상상된다.

지금까지의 여행이 그냥 커피라면,
이번 여행은 T.O.P야

지난 두 번의 여행과 달라진 점이 있다. 무조건 아끼고 보자라는 배낭여행자의 미덕을 과감히 버리고, 가끔은 근사한 레스토랑에서 가격 따지지 않고 먹고 싶은 것을 시켜보는 것.

한국에서 떠나기 전 엄마와 동생이 나에게 신신당부한 이야기가 있다. 아빠 너무 굶기지 말라고. 나는 약간 억울했다. 7년 전 인도에서는 채식 위주의 음식들이 대부분인 인도 탓이지 내가 아빠를 굶긴 것이 아니었다. 평소 아빠의 몸은 고기와 단것으로 2천칼로리는 필요했는데, 딱 그 절반인 1천밖에 못 채워 넣었으니 자동적으로 살이 빠지게 된 거지 나 때문이 아니다. 사실 몸매 변화가 조금 극적이기는 했다. 예를 들면, 영화 〈캐스트 어웨이〉의 톰 행크스가 무인도에 처음 표류하게 되었을 때의 통통한 몸매가 인도 여행 전의 아빠 몸매였다면, 귀국할 때의 아빠는 톰이 무인도에서 4년의 세월을 버티며 다져진 슬림한 체형과 닮아 있었다.

당시 날씬한 몸으로 돌아와서 제일 반가워한 사람은 엄마였는데, 막상 또 다시 딸과 여행을 떠난다고 하니 걱정이 되었나 보다. 동생도 내(?) 아빠 먹고 싶은 거 있다고 하면 다 사주라며 옆에서 은근히 압박하고 있다. 출국하는 날 비행기에서 아빠가 살짝 이야기해줬다. "이거 비밀인데 수미가 나만 쓰라고 용돈 줬다. 아~ 진짜 비밀이었는데 너한테만 이야기하는 거야(아빠는 중국 여행 때처럼, 가지고 있는 것만으로도 좋은 비자금을 나에게 자랑했다)."

이게 모두 아빠가 태국 여행 때의 사건을 너무 극화시켜 불쌍하게 이야기해서 그렇다. 여행에세이 연기상이 있다면 남우주연상 감이다. 눈물 없이 들을 수 없는 이야기. 나는 기억도 잘 안 나는데 아빠의 시선에서 본 태국 사건의 전말은 이렇다.

아빠의 이야기

딸이 나를 혼자 두고 외출했다. 이글거리는 태양이 하늘 정중앙에 떠있는 한낮
이다. 침대에 있으니 너무 더워서 테라스에 나와 봐도 다 떨어진 선풍기만 힘없이
돌아가고 있고, 개도 고양이도 사람도 심지어 파리도 힘이 없어 날지 못하는 그런
더위였다. 그 때 어떤 한 남자가 테라스로 슬리퍼를 질질 끌고 나오더니 냉장고
에서 갓 꺼낸 맥주를 시원하게 꿀떡꿀떡 마셔댄다. 그때부터 나의 고통은 시작
됐다.

'나도 한 모금….
나도 시원한 맥주 한 모금을 마시고 싶다………!'

주머니를 다 뒤져 봐도 돈이 한 푼도 없다. 왜냐하면 딸내미가 모든 돈을 관리
했거든. 그래서 나는 그 딸내미가 돌아올 때까지 기다리고 또 기다려야 했다.

엄마와 동생에게서 이야기를 전해 듣고 나는 아빠를 찾아가 항변했다. "일단 먼저 마시고 이따 내가 오면 돈을 주면 됐잖아." 아빠는 황소 같은 눈을 끔뻑거리며, "내가 그 정도로 영어를 잘하면 너를 졸졸 따라다녔겠냐." 한다. 나만 철천지 나쁜 딸이 되었다.

이번에도 실컷 잘 다녀와 놓고 한두 가지 사소한 일 때문에 엄마와 동생의 힘을 업은 아빠의 투덜거림을 들을 수는 없다. 이 모든 사태를 진정시키기 위해 아빠가 돈을 관리하고, 내가 조금씩 타서 쓰는 시스템으로 바꾸고 우리는 지금 런던 맛집으로 향하고 있다.

버거 앤 랍스터. 레스토랑 이름에서 풍기는 것처럼 이곳의 주메뉴는 버거와 랍스터다. 주문한 음식이 나오고 아빠가 랍스터 다리를 포크로 '콩' 찍으려는 순간, 햄버거를 한 입 크게 물 때를 기다렸다 파파라치처럼 사진을 찍어댔다. 그리고 엄마와 동생에게 "우리는 잘 먹고 다니고 있어요." 라는 멘트와 함께 증거 사진을 전송했다. 파워 블로거처럼 앞으로 우리가 먹게 될 모든 음식 사진은 아빠를 배경으로 찍을 테다.

버킷리스트 비우기, 그리고 다시 채우기

　　여행 준비는 하고 있지만 막상 유럽에서 무엇이 하고 싶은지 또 뭘 해야 하는지 막연했다. 여행 콤비인 아빠에게 물어봐도 책에 있는 것들 위주로 보고 오면 되지 않겠냐며 무심히 대답했고, 나는 그럴 거면 집에서 편하게 여행 다큐멘터리를 보는 게 낫겠다고 생각했다.

　　그랬던 우리가 변했다. 유럽의 풍경들은 뇌에 강렬한 자극을 보냈고 아주 오래전부터 하고 싶었던, 하지만 잊고 지내던 것들을 하나둘씩 기억해냈다. 나이 60이 되면 유럽을 여행하고 싶다던 아빠의 버킷리스트가 하나 지워지고 다른 것들로 채워졌다.

　　"아빠가 한창 사랑이란 무엇일까 고민하던 때 에밀리 브론테^{Emily Bronte}의 『폭풍의 언덕^{Wuthering Heights}』을 읽으며, 주인공들이 살던 영국의 요크셔^{Yorkshire} 지방을 여행하고 싶다고 생각했거든."

아빠가 여행을 하며 떠올리는 소설들이 읽고 싶어져 아빠에게 들을 때마다 노트에 적어두었다. 언젠가 다시 유럽 여행을 하게 되고, 같은 소설이 생각난다면 그때, 아빠와 내가 공유한 추억의 시간까지 함께 겹쳐지며 기억이 날 것 같아서.

우리 여행에 작은 테마가 생겼다.
버킷리스트 비우기, 그리고 다시 채우기.

아빠와 나는 하고 싶은 것이 생각날 때마다, 그것의 실현 가능성이 적다고 느껴지거나 다소 우스꽝스러운 것이더라도, 서로에게 말하기로 약속했다. 그리고 '내년에, 나중에, 나이 들어서, 안정되면….' 차일피일 미뤄 버킷리스트를 마음에만 두었다가 어디에 두었는지, 버킷리스트가 있었는지조차 잊어버리기 전에 지금 이곳에서 할 수 있는 것들의 리스트는 지우기로 했다.

여행이 끝날 쯤, 아니 삶이 끝 언저리에 가까워졌을 때 비워지고 채워졌던 버킷 리스트를 바라보며, "이 정도면 되요. 충분히 잘 놀다 가요."라고 말할 수 있는 우리가 되길.

런던 산책

오늘도 날씨가 참 좋다. 영국은 항상 흐리고 쌀쌀하고 비도 자주 온다고 들었는데 날씨의 신이 우리에게는 태양만 선물해주었다.

버스정류장으로 빨간 버스가 들어온다. 서로 약속한 것도 아닌데 누가 먼저랄 것도 없이 이층으로 올라가 맨 앞자리가 비어 있는지 레이더를 쫑긋 세워 확인한다. 마침 맨 앞에 딱 두 자리가 비어있다. 우리는 가장 좋은 자리를 차지했다며 하이파이브를 했다.

영국은 도로 위의 차들도 마치 영국 신사처럼 여유 있는 모습으로 달렸다. 덩달아 내 마음도 느긋해졌다. 옆 자리의 아주머니가 집에 가는 버스에서 우연히 아들을 만났는지 서로를 반긴다. 엄마는 아들의 옷에 묻은 먼지를 살갑게 털어주며 하루의 안부를 묻고, 도복을 입은 아이는 승급 심사가 있었는지 색깔 바뀐 띠를 자랑한다. 그 모습이 예뻐 보여 옆에서 아빠미소, 누나미소를 날리며 지켜보고 있는데 아빠가 이야기를 꺼낸다.

"너도 저만할 때가 있었는데. 기억나? 태권도 겨루기 시합 나가서 꽁지가 빠지게

도망 다녔잖아." 관장님 말만 믿고 나가게 된 겨루기 대회에서 같은 체급의 같은 나이, 그것도 같은 여자 아이에게 발차기 한번 못해보고 실컷 맞다가 집에 왔다. 어린 날의 부끄러운, 아빠가 딸 놀리기 딱 좋은 기억인 것이다.

런던 시내에서 외곽으로 빠져 나오니 작은 집들이 옹기종기 양옆으로 늘어서있다. 특히 노팅힐^{Notting Hill} 지역은 예쁜 주택들이 많았다. 이곳에는 영화 〈노팅힐〉의 주인공 남녀가 처음으로 만난 책방도 있다. 유명한 곳이니 간판도 크고 영화 관련 기념품들도 진열되어 있어 멀리서도 한번에 알 수 있을 거라 생각했는데 아주 작은 마크만 하나 그려져 있었다. 서점을 나올 때 아빠는 내가 책방을 구경할 때 샀다면서 작은 그림책을 선물로 내밀었다. 한 장씩 넘길 때마다 우리가 함께 본 런던 유명 건물들의 일러스트들이 마치 크리스마스카드처럼 기분 좋게 튀어 올랐다.

나도 아빠에게 선물을 하고 싶어 맛있는 걸 먹자고 했다. 아빠는 조금 전에 봐둔 곳이 있다며 분위기 좋은 카페로 나를 데려갔다. 아빠는 아메리카노, 나는 우유 거품이 가득한 라떼, 그리고 우리를 위한 당근 케이크를 주문했다. 카페 창밖으로 보이는 포토벨로 마켓^{Portobello Market}은 낮 시간이 되자 찾아오는 손님들로 활기가 넘쳤다. 우리도 어슬렁어슬렁 돌아다니며 가게 앞에 진열된 빈티지 소품들을 구경했다.

오후에는 셜록 홈스의 배경이 되는 베이커 가^{Baker Street}로 이동했다. 아빠와 내가 아는 셜록 홈스는 조금 다르다. 아빠는 흥미 있는 것이 생기면 내게도 공유하곤 했는데 한때 그것은 추리소설이었다. 셜록 홈스가 주인공인 아서 코난 도일의 책뿐만 아니라 에드거 앨런 포, 모리스 르블랑 같은 추리소설 대가들의 작품들도 보여주었다. 하지만 나는 그 당시 선풍적으로 인기를 끌던 드라마 〈M〉과 〈전설의 고향〉도 못 보는 간이 콩알만 한 열 살짜리 꼬마였고, 단지 표지가 무섭다는 이유로 책을 펼쳐보지도 못했다.

그런 나에게는 소설을 재해석하여 영국에서 드라마로 제작한 셜록 홈스가 있다. 손에 땀을 쥐게 하는 스토리, 앞을 알 수 없는 전개, 거기다 훈남 배우까지. 흥미 진진한 이야기를 나 혼자만 보기 아까워 아껴두었다 주말에 함께 드라마 전편 보기를 시도했는데 아빠는 시시하다며 중간에 잠들어 버렸다.

둘의 셜록은 달랐지만 베이커 스트리트 역 앞의 셜록의 동상을 본 우리의 반응은 같았다. 사진을 찍으려고 동상과 같은 포즈로 서 보기도 하고, 박물관에서는 셜록이 쓰던 모자를 쓰고 파이프 담배까지 물고 사진을 찍기도 했다. 우리의 마음은 벌써 셜록과 왓슨 콤비가 되었다. 아빠가 깃도 없는 옷의 깃을 세우는 척 연기하며 대사를 건넨다.

"자, 이제 다음 사건을 해결하러 떠나볼까? 흄! 흄!"

닮은 꼴을 찾았습니다

요즘은 어른들끼리도 카카오톡 단체방이나 네이버 밴드를 만들어 서로의 소식을 주고받는다고 한다. 아빠는 내가 찍어 준 사진을 짧은 글과 함께 친구들에게 공유했는데, 이미 다들 유럽을 다녀왔다는 반응에 잠깐 시무룩해졌다. 나는 '다 큰 딸'과 '장기 배낭여행'을 한 경험자는 아빠밖에 없을 거라며 위로하고, 여행사 패키지에는 없는 특별한 우리만의 프로그램을 만들어 넣기로 하였다.

그래서 선택한 런던 시티투어 버스. 가격만큼 즐거움도 클지 궁금해 심호흡을 하고 올라탄 그 버스의 제 점수는요, 60초 후에 공개됩니다.

이제 난 시간 여행을 하지 않는다.

그저 내가 이날을 위해 시간 여행을 한 것처럼

나의 특별하면서도 평범한 마지막 날이라고 생각하며

완전하고 즐겁게 매일 지내려고 노력할 뿐이다.

우리가 할 수 있는 최선은 이 멋진 여행을 즐기는 것뿐이다.

_ 영화 〈어바웃 타임〉

시간이 정지한 느낌이다. 오픈된 이층 버스를 타고 따뜻한 바람을 온몸으로 느끼고 있다. 시간 여행자의 능력이 생겨 다시 영국을 여행한다면 지금 이 순간으로 돌아오고 싶다.

다행히 이층 시티투어 버스 작전은 성공이다. 처음 타본 오픈 버스 때문에 신이나 아빠의 얼굴에도 자연스러운 미소가 번진다. 아빠가 런던과 함께 어우러져 있는데, 런던의 햇살이라는 자체 뽀샵 효과가 나타났다. 아빠의 전담 사진기사인 나는 이때를 놓칠 수 없어 카메라를 들어 찍고, 아빠에게 보여줬다. "아빠, 사진 정말 잘 나왔지? 친구들한테 이층 버스 탔다고 자랑해. 프랑스에서도 멋지게 찍어서 또 자랑하자." 맞다. 유치뽕짝이다. 조금 유치해도 어쩔 수 없다. 유치함과 동반되는 아이 같은 면 덕분에 작은 것에도 웃고 즐길 수 있는 여유가 있지 않은가.

시간이 지날 때마다 변하는 런던의 모습이 황홀해 우리는 런던을 세 바퀴나 돌았다. 우리가 함께 봤던 영국이 양옆으로 영화 필름처럼 지나갔다. 처음 한 바퀴는 이층 버스 위에서 바람을 맞으며 앉아 있다는 사실 그 자체가 좋았고, 다음 한 바퀴는 아무 말 하지 않아도 편한 상대와 여행하고 있다는 사실에 감사했다. 그리고 런던의 밤바람을 맞으며 야경을 마주할 때에는 자리에서 일어나 우리를 스쳐가는 도시를 향해 손을 흔들며 인사를 건넸다. "헬로우, 하와유?" 옆에 있던 아빠는, "아임 퐈인 땡큐." 맞장구를 쳐준다.

며칠 뒤, 이층 버스 위에서 찍은 사진들을 컴퓨터에서 보고 있는데 아빠가 지나가면서 한 마디 하셨다. 그 말이 너무 웃겨서 컴퓨터 켤 때마다 보려고 바탕화면으로 바로 저장했다.

"잘 찍어 준다고 했으면서 넬슨 만델라를 찍어놨네. 넬슨 만델라 검색해봐.

봐봐 똑같지?"

미안해. 아빠. 나만 잘 나왔네. 어쩔 수 없지. 딸이 잘 나와야지. 아빠 장가갔잖아.

근데 아빠, 난 아빠 닮았잖아?!

설렘의 물결.

살짝 들추어내면 가슴 한켠 작은 물결이 인다.

여행은 옛 사랑이다. 여행은 빛바랜 편지다.

미얀마 양곤에서. 2012년

이른 새벽 아무도 없는 민박집 주방에서 미리 약속을 한 것도 아닌데 부녀상봉이다. 본래 새벽잠 없는 아빠가 실찍 먼저 내려오고, 곧 뒤이어 늦잠의 대가인 딸이 내려온다.

"아빠, 우린 영원한 콤비다. 그치?"

서로 싱긋 웃는다.

"아빠, 배고파. 밥 줘"

다 큰 딸이 애기 소리를 낸다.
그러고 보니 어제 기내식 외에는 아무것도 먹지 못했다.
민박집 주방을 뒤져 화려한 아침을 준비한다. 런던에서의 첫 아침이다.

"그래, 우린 영원한 콤비야."

드디어 영국이다. 가슴이 콩닥거린다.

히드로 공항에서 피카딜리 라인을 탄다.

지하철은 낡고 조그마하다. 왜 튜브라고 부르는지도 바로 알겠다.

지하철이 다니는 터널도, 지하철 모양도 동그랗게 꼭 분필처럼 생겼다.

의자의 배치도 다양하고, 앉으면 자연스레 무릎이 닿는다.

모든 것에 오랜 세월의 흔적들이 고스란히 배어있다.

오래된 것이 아름답다는 말을 알겠다.

오르내리는 사람들이 낯설지 않다.

쭉쭉빵빵 금발은 거의 없고, 피부색도 다양한 데다

쑤욱 훑어보니 나보다 못생긴 사람들이 대부분이다.

내심 얼굴이 밀릴까 봐 걱정을 했는데 비로소 안심이 된다.

피카딜리 서커스에서 지하철을 갈아타고 램버스노스 역에 내린다.

시간은 거의 밤 11시가 다 되었다.

숙소는 템스 강 주변에 있는 조그만 이층집이다.

좁은 집에 많은 사람들을 받으려다 보니 콩나물시루다.

하나밖에 없는 샤워실 문 앞에는 샤워 순서를 적는 종이가 붙어있다.

아마도 내일 아침이면 한바탕 전쟁이 치러질 것 같다.

머리가 허연 나의 등장에 20대들이 뜨악한 표정을 짓는다.

8인실 도미토리는 만실인데 내 자리는 2층이다.

삐걱거리는 계단을 밟고 올라가 잠을 청한다.

그런데 도무지 잠이 오질 않는다. 시차 때문인가.

한 쪽에선 코도 골고 잠꼬대도 한다.

내일은 몹시 힘든 날이 될 것이다.

슬기는 잠이 들었을라나 궁금하다.

지난 밤을 불면으로 보냈다.

시차 때문보다는 아마도 설렘의 영향이 더 컸을 것이다.

삐걱거리는 계단을 조심스레 내려와

달걀프라이, 토스트, 우유로 이른 아침을 먹고 길을 나선다.

내 옆에는 내 딸, 슬기가 있다.

런던의 아침은 자전거로 출근하는 사람들과 함께 시작된다.

양복을 입고 힘껏 페달을 밟는 그들의 모습에서 묘한 매력을 느낀다.

워털루 다리 위로 빨간색의 이층 버스가 지나간다.

조금 불기를 머금은 새벽의 회색빛와 살 어울린다.

다리 밑으로 짐을 가득 실은 배가 지나갈 때마다

템스 강은 간밤에 머금은 불빛을 토해내며 잘게 일렁인다.

강물을 사이에 두고

빅 벤과 런던아이가 서로 마주 보고 있다.

어제 거친 노동을 한 런던아이는 아직도 졸립다.

빅 벤이 두 팔을 흔들며 런던아이를 깨운다.

랭커스터 주변 굽은 2차선 도로에는

딱 키 높이만 한 보행 신호등이 아침 인사를 하고

일찍 문을 연 길거리 카페가 구수한 커피향으로 사람을 모은다.

가끔 찰리 채플린 모자를 쓴 까만 택시도 보인다.

런던, 4월의 햇빛은 아침부터 강렬하다.

템스 강변을 따라 어슬렁대고 걸으면

곡선을 멋지게 살린 공원길이 빅 벤까지 이어진다.

잘 가꾸어진 봄꽃들 사이로 걸어가는 사람들의 모습이 마냥 싱그럽다.

남성 커플이 어깨를 기대면서 가벼운 키스를 나눈다.

아무 장식품이 없는 웨스트민스터 다리에는
빅 벤을 배경으로 사진을 찍는 사람들로 가득하다.
키 큰 빅 벤을 사진에 담기 위해 사람들은 안간힘을 쓴다.
그 모습이 재미있으면서 안타깝기도 하다.

웨스트민스터 사원은 유령이 주인이다.
세월이 흐르고 영욕의 육신은 먼지로 사라지고 흔적도 없는데,
그들이 누웠던 텅 빈 돌덩이들만이 옛날을 기억하고 있다.
흰 드레스를 입은 다이애나가 보고 싶어진다.

수상관저에서 버킹엄 궁전으로 가는 길에는 세인트제임스 공원이 있다.

키가 큰 교목과 초록의 잔디, 새들이 물길을 가르는 호수가 잘 어우러진다.

그 속에서 사람들은 저마다 가장 편안한 모습으로 휴식을 즐기고 있다.

공원에서 제공되는 천으로 만든 접이식 의자에 앉아

일광욕을 하거나 책을 보기도 하고

잔디밭에 앉아 연인과 사랑을 나누기도 한다.

근위병들의 열병식이 열리는 12시가 되면

버킹엄 궁전 앞은 각국에서 온 관광객들로 북새통을 이룬다.

특히 봄철이면 이웃 유럽에서 수학여행 온 학생들이 많다.

다양한 언어들이 맑고 청명한 공기 속에 시끌시끌하다.

좋은 자리는 이미 물 건너갔다.

아무리 발돋움해도 보이는 것은 앞선 백인들의 머리통뿐이다.

슬기도 키 큰 백인들 틈바구니에서 안간힘을 쓰고 있다.

그 모습이 안타깝고 미안하다.

살아있는 백인을 이렇게 많이 보긴 처음이다.

슬기를 잃어버릴까 봐 애가 탄다.

공원에서 자유롭게 놀고 있는 아이들을 흐뭇하게 바라보고 있는데

슬기가 조그만 스케치북과 색연필을 쑥 내밀며

오늘 느낀 바를 그림으로 그리라고 한다.

안 그래도 불면 후유증으로 머릿속이 서걱거리는데

나중에 하겠다고 했더니 불같이 화를 낸다.

오기 전에 매일 그림 그리기로 약속하지 않았느냐고.

물론 약속이야 했었지만 그래도 그렇지.

천리타국에 아는 사람이라곤 우리 둘뿐인데

갑자기 인도의 악몽이 떠오르면서 집에 있는 아내가 보고파진다.

트라팔가 광장에는 넬슨이 영국을 굽어보고 있다.

시내 어디에나 동상들이 소품처럼 놓여 있다.

후대는 이를 보고 스스로의 영웅을 가슴 속으로 키워간다.

그 뒤편에 영국이 자랑하는 내셔널 갤러리가 있다.

원형 분수대 난간에 걸터앉아 커피를 마시면서 잠시 숨을 고른다.

광장에는 하루 양식을 벌기 위한 무명 예술가들의 애처로운 몸짓이 한창이다.

런던은 큰 도시임에도 여유로움이 흠씬 묻어 있다.

높지 않은 고색의 건물들 사이로

사람도 차들도 느릿하게 움직인다.

빨간 공중전화 부스가 눈길을 잡는다.

런던은 뮤지컬의 도시이다.

피카딜리 스퀘어에는 뮤지컬 전용극장이 즐비하다.

저녁 7시가 되면 일제히 뮤지컬이 시작된다.

세월의 흔적들로 가득한 극장은

맨 뒷자리에서도 배우들의 작은 숨소리, 땀방울 하나까지도 느낄 수 있다.

이건 슬기가 모르는 비밀이야기이다.

사실 〈위키드〉를 볼 때 공연시간 내내 졸았다.

졸지 않으려고 입술을 깨물고 허벅지살을 꼬집는 등 아무리 안간힘을 써도

이미 불면으로 노쇠해진 눈꺼풀을 감당할 수 없었다.

더구나 알아들을 수 없는 말은 졸음을 더욱 부추겼다.

슬기에게 들키지 않으려고 조는 도중에도 슬슬 곁눈질도 하고

사람들의 함성이나 박수 소리가 들리면 졸지 않은 척 따라했다.

그리고 공연이 끝났을 때 아주 잘 본 것처럼

정말 재미있었다는 둥 어설픈 감상평도 쏟아냈다.

"슬기야, 미안해.

내일 〈캣츠〉는 졸지 않고 볼게."

사실 도시를 돌아다니는 것은 즐겁기도 하지만 힘든 일이기도 하다.
더구나 많은 곳을 보려고 욕심을 내다보면 그 힘듦은 배가 된다.

밤 10시가 지났는데도 아직 여명이 남아있다.

숙소로 돌아오는 길, 슬기의 손을 꼭 쥔다.
자식의 손을 쥘 때마다 느끼는 미묘한 떨림이 있다.
안타까움, 사랑스러움, 미안함, 고마움.

"내일부터 그림 그릴게. 어릴 때 너에게 그려주던 그런 그림으로,

아빠 머리는 뽀그리라면으로 그리고,

너는 세상에서 제일 예쁜 공주로 그려 줄게."

잘 먹고, 잘 자고, 잘 타고

여행의 '3잘'이다.
여기에 잘 걸으면 금상첨화다.

'배낭여행' 하면 무거운 배낭을 짊어지고
줄곧 걷는 것으로
오해하는 사람들이 있다.

"야 너 참 대단하다. 그 무거운 배낭을 메고."

그때 난 부정도 긍정도 하지 않는다.

여행의 요체는 느림이다.

뒷짐을 지고 어슬렁거리며 골목길을 걷는 것이다.
유명 관광지를 보는 것도 좋지만,
사람 사는 냄새가 풀풀 묻어나는 뒷골목이 나는 훨씬 좋다.

한 발자국 한 발자국 움직일 때마다 묘한 설렘이 있다.

램버스노스 지하철역 건너편에서 423번 버스를 탄다.
웨스트민스터 다리를 건너고 런던 도심을 지나
하이드 파크가 거의 끝날 무렵인 노팅힐 게이트에서 내린다.
그리고 특유의 어슬렁 걸음으로 걷는다.

앙증맞은 소품이 놓인 작은 마당과 넝쿨로 살짝 가린 창문도 보고
유모차를 밀고 가는 백인 여인도 보고
빵집에서 풍겨져 나오는 구수한 냄새도 맡아 보고
그러다 입이 귀에 걸린 줄리아 로버츠 발견.

그녀가 나를 보고 엷은 웃음을 날리고 있다.
가슴이 뛴다.

아마도 휴 그랜트도 그랬을 것이다.

노팅힐 영화 속의 그 서점이다.

책방 안으로 들어가 잘생긴 주인 얼굴도 힐끗 보고

진열된 책들도 이것저것 만져 보고

다녀간 기념으로 조그만 노트도 한 권 사고.

내가 늙고 서영이가 크면 눈 내리는 서울거리를 같이 걷고 싶다.

내가 처음 피천득의 수필집을 읽은 것은
아마도 중학교 3학년쯤이었을 것이다.

특히, 〈서영이〉편이 좋았다.

나도 언젠가 결혼하여 딸을 갖게 되면 꼭 그렇게 하고 싶었다.

그런 내가 어느새 나이가 들어 내 딸 슬기와 지금 런던에 있다.

때론 어깨를 톡톡 부딪치면서 걷고,
때론 손을 잡고 걷고,
때론 앞서거니 뒤서거니,

그중 나는 손을 잡고 걷는 것이 제일 좋다.
슬기의 조그만 손은 언제나 내 손에 쏙 들어 온다.

내 새끼의 따뜻한 체온이 느껴진다.

하루밖에 지나지 않았는데 아내가 보고 싶다.

생년기를 오뇌세 쉬고 있는 아내는 쟘을 밀 이루지 못힌디.

내 무릎을 베고 살짝 잠들곤 하던 아내도

아마 지금쯤 나의 무릎을 그리워하고 있을지도 모르겠다.

5일 간의 런던 여행을 뒤로 하고
유로스타로 도버 해협을 건너 파리로 갑니다.

바로 곁에서 살아 움직이는 수많은 백인들 틈바구니에서
며칠 지내다 보니 마치 나도 현지인이 된 것 같습니다.

사실 막상 부딪혀보면 별것 아니라는 생각도 듭니다.
버스나 지하철 노선도를 보거나 타는 법도 순식간에 알게 되고
아주 서툰 영어로도 여행에 큰 불편이 없다는 걸 터득합니다.
인간은 환경의 동물이니까요.

그리고 며칠간 양식을 하게 되면
자동으로 양놈이 되어가는 것도 같습니다.

떠나 보세요.

돌아올 수 없는 옛날은 언제나 아련한 추억으로 남는다.

언제나 기억할게.

고마워 내 새끼.

#1 함께 많이 걷자.

관광과 여행의 차이는 어디로 발걸음을 향하느냐에 따라 달라진다는 것이다. 하루 정도는 여행 책자와 지도를 두고, 발이 가는 대로 무작정 걸어보자. 우연히 마주친 장소에서 뜻밖의 선물을 받을지도 모른다.

#2 많이 걸었다면, 버스와 지하철 같은 대중교통도 이용하자.

지하철에 다양한 사람들을 구경하는 것이 어느 유명 관광지보다 볼거리가 더 풍성할 때가 많다. 참고로 버스는 이층 제일 앞자리가 명당이다(직접 표를 구입하는 즐거움까지 부모님께 드릴 수 있어 좋다).

#3 긴장을 풀어드리자.

긴장은 여행의 즐거움을 방해한다. 부모님을 앞세워 원하는 곳으로 가실 수 있게 해드리자. 사람 사는 곳은 다 똑같다고 느끼는 순간 부모님의 마음은 편해지고 여행도 한결 즐거워질 것이다.

#4 부모님의 사진을 많이 찍어 드리자.

처음에는 카메라 앞에서 어색하고 부끄러워하실 수 있지만 대개의 부모님은 사진 찍히는 것, 그리고 자식과 함께 사진 찍는 것을 매우 좋아하시는 경우가 많다 (그러므로 셀카봉은 필수!). 사진을 찍고 난 후 잘 나온 컷은 바로 보여드리며 칭찬 해드리고, 가능하다면 친구들에게 공유(라 쓰고 자랑이라 읽는다)할 수 있도록 휴대폰으로도 보내드리자. 자연스러운 사진을 찍고 싶다면 몰래 찍는 파파라치 컷을 추천한다.

#5 공연의 꽃, 뮤지컬을 함께 보자.

줄거리를 모르거나 영어가 서툴면 졸릴 수도 있는데 이럴 때 〈맘마미아〉를 고르면 성공률 99%이다. 부모님 세대 중 ABBA의 노래를 모르시는 분은 없을 테니까 (세계 4대 뮤지컬이라고 불리는 〈레미제라블〉, 〈오페라의 유령〉, 〈미스사이공〉, 〈캣츠〉도 런던에서 만날 수 있다).

고전소설로 만나는, 영국

영국 문학의 황금기였던 19세기 빅토리아 시대의 작품을 먼저 읽고 영국을 여행하면 여행이 풍성해진다. 이 소설들은 영화로도 만날 수 있다.

• 제인 오스틴, 〈오만과 편견〉, 〈이성과 감성〉
• 샬롯 브론테 〈제인 에어〉
• 에밀리 브론테 〈폭풍의 언덕〉
• 찰스 디킨스 〈올리버 트위스트〉, 〈크리스마스 캐럴〉

댄싱 위드 파파

Dancing with PAPA

:
:

프랑스 파리

Paris, France

봉쥬르 파리

런던에서 파리로 가는 기차역 출국 심사장이다. 비행기가 아닌 기차역에서 출국 심사를 하는 경험은 처음이다. 유럽에서는 기차와 버스로도 주변의 다른 나라에 갈 수 있다는 사실이 신기하고 부러웠다. 아빠와 나는 ~~니갱사의 훈징인 니핀에 도싱니 하나 너 찍겠나고 시노의 니핀을 사닝안나.~~

나는 자랑할 일이 하나 더 있다며 목에 힘을 주고 아빠에게 이야기했다.

"이번 유럽 여행의 기차 좌석은 모두 1등석이야."

아빠는 믿기지 않는다는 눈빛이었다. 나는 2등석과 비슷한 가격으로 1등석 표를 예매했다고 실토했고, 아빠는 어떻게 구했는지 물어보며 메모를 시작했다. 1등석 두 명을 묶어서 파는 세이버 패스^{Saver pass}를 끊었고, 마침 운 좋게 할인 기간이었다고 설명했다.

도버 해협^{Strait of Dover}을 지나는 기차에서 아빠는 내게 이곳이 '아시아의 물개' 조오련 수영선수가 1982년도에 건넜던 곳이라고 이야기해주었다. 우리가 함께 여행을 할 때면 아빠는 항상 훌륭한 여행 가이드가 되어준다. 역사적인 사건의 연도까지 줄줄 이야기하는 것이 너무 신기하고 똑똑해보여 그런 것들을 어떻게 다 외우고 있는지 여쭤보면 머리가 커서 그렇다며 이럴 땐 또 바보처럼 웃는다.

어느새 밖에는 영어 표지판이 프랑스어로 바뀌어 있었고, 녹색 평야가 펼쳐진다. 수평선이 심심하지 않게 작은 집들이 "봉쥬르^{bonjour}" 모스 부호를 보내는 것처럼 콕콕 박혀있다. 드디어, 프랑스다! 유럽 중에서도 프랑스는 나에게 언제나 환상의 공간이었다. 프랑스 작가의 미술작품과 건축물을 마주할 때마다 프랑스를 여행하게 해달라는 주문을 외웠었다.

벌거벗은 건물, 퐁피두 센터^{Centre Pompidou}가 눈앞에 있다. 대게 숨겨져 있어야 할 배수관, 가스관, 통풍구가 컬러풀한 색깔로 칠해져 건물 밖으로 드러나 있었다. 건물 전체가 유리로 둘러싸여 있어 건물 밖에서 안을 보면 건물 속 움직이는 사람들이 하나의 작품이 되고, 건물 안에서 밖을 보면 파리라는 도시가 하나의 작품이 되었다. 퐁피두 센터에는 현대미술가 제프 쿤스^{Jeffrey Koons}의 미술 전시가 한창이었다. 나는 이곳에 있는 것만으로도 즐거웠는데, 아빠는 그저 그런지 이 흥미로운 것들을 빠르게 지나쳐버린다.

전시 관람 후 노천카페에 앉아 맥주를 마셨다. 광장에는 책을 읽는 사람, 그림을 그리는 사람, 노래를 부르는 사람, 다양한 색의 사람들로 가득했는데 살아있는 작품 그 자체였다. 이번 작품은 아빠도 마음에 들어 하는 것 같았다. 분위기에 한껏 취한 우리는 에펠탑에게 인사를 건네기 위해 자리에서 일어났다.

봉쥬르 에펠탑! 에펠탑이 손을 뻗으면 닿을 거리에 있었다. 우리도 에펠탑과 함께 기념사진을 찍고 싶은데 한 커플이 온갖 다양한 포즈를 취하며 에펠탑을 가리고 있었다. 그들은 에펠탑과의 물아일체를 시도했는데 남자는 자신의 가슴에 여자의 무릎을 받치고 번쩍 들어 키스를 하기도 하고, 한쪽 어깨에 여자를 올려 자유의 여신상을 표현하기도 했다. 아마도 두 사람은 모든 이의 기념사진에 나오고 싶었나 보다. 그러다가 사진 찍어줄 사람이 없는지 두리번거렸고, 여자의 레이더에 아빠가 딱 걸렸다. 우리는 그 커플의 사진을 정성스레 찍어주고 우리도 한 컷 찍어 달라고 부탁했다. 드디어 에펠탑을 배경으로 우리도 기념사진을 남겼다. 단, 에펠탑의 절반이 뚝 잘린 채로.

우리는 마법의 셀카봉을 꺼내 들었다. 셀카봉을 발명한 이에게 노벨 평화상을 줘야 한다. 이 녀석이 없었더라면 아마 나는 사진을 대충 찍어준 그 여자의 머리채를 잡았을지도 모른다. 카메라 렌즈 속에는 환하게 웃는 우리의 모습과 사진 구도를 연구하는 그들, 그리고 에펠탑이 우직하게 서 있다.

추억 부자

파리의 세느 강$^{Seine R}$이 보이고, 그 위로 여행객을 태운 유람선이 움직인다. 여행객은 도시를 향해 손을 흔들고 우리도 그들을 향해 손을 흔들었다. 아빠는 세느강 위의 수많은 다리 중에 미라보 다리$^{Le\ Pont\ Mirabeau}$를 찾아 달라고 했다. 나는 지도를 꺼내 찾아보고, 아빠는 육안으로 찾아보려 애를 썼다. 왜 이 다리를 찾느냐고 물어보니 아빠가 〈미라보 다리〉 시와 함께 흘러가는 청춘과 사랑에 아파하며 울었다고 했다.

미라보 다리 아래 세느 강은 흐르고
우리들 사랑도 흘러내린다.

인생은 얼마나 지루하고
희망은 얼마나 격렬한가.
밤이여 오라, 종아 울려라
세월은 흐르고 나는 남는다.

_ 시 〈미라보 다리〉

시를 끝까지 암송한 아빠는 마음에 닿았던 문구를 다시 한 번 반복했다. 그리고는
내게 어떤 느낌이 드는지 물어보았다. 이런 이야기까지 들었는데 찾지 못하면 안
된다. 미라보 다리의 이미지를 검색한 후, 눈을 크게 뜨고 비슷하게 생긴 다리를
색출하기 시작했다. 그리고 다행히도 찾아냈다. 나는 아빠만의 시간을 드리기로
하고, 저만치 떨어져 있었다. 미라보 다리 위에서 하얀 담배 연기를 뿜으며,
아빠는 시간 여행을 떠났다.

흘러가는 세느 강과 아빠와 파리를 천천히 바라보았다. 아빠와 나의 모든 시간
들이 유럽이 아름다운 이유에 대해 설명하고 있었다. 글과 이미지, 음악만으로
상상했던 것들이 눈앞에 현실로 펼쳐진 지금, 우리에게 보이는 모든 풍경들의
망막 앞에 '기대감'과 '옛 추억'이라는 필터가 더해져 사람을 먹먹하게 했다.

우리가 살아온 시간들 중에서 온전하게 기억되는 것들은 얼마나 될까. 그 기억 중에서도 그리움이 묻어있는 특별한 기억은 과연 또 얼마나 될까. 기억은 추억이란 이름의 창고 속에 저장되고, 오랜 시간 지나면서 대부분의 것은 희미해진다. 그 희미해진 것들 중 남아있는 작은 기억의 알맹이가 마치 처음부터 대단한 것이었던 것마냥 추억의 방을 독차지한다.

그중 특히나 '여행의 기억'이라고 불리는 작은 알맹이는 시간이 지날수록 여러 가지 이야기들이 수정되고 덧대어져 점점 큰 방을 차지한다. 더 재미있는 사실은 그 방을 마음에 맞는 누군가와 함께 만들 때 규모도 커지고, 다른 이들을 초대하고 싶을 만큼 아름답게 꾸며진다는 것이다. 그래서 혼자가 아니라 좋아하는 사람과 함께 여행을 하는 걸까.

일상의 무게가 버거워졌을 때, 계절을 느낄 수 있는 밖으로 나와 눈을 감아본다. 눈을 감았다 뜨는 동안 '인생의 가장 즐거웠던 순간'이라는 이름의 추억의 방을 하나씩 열어본다.

나에게는 몇 개의 방이 있을까.

추억을 먹고 사는 꼬마아이가 있다.

그 아이에게는 한 가지 소원이 있다.

노인이 되어서 시간이 멈춘 듯 느리게 갈 때,

낚시할 수 있는 추억이 많은 추억 부자가 되는 것이다.

행복의 연쇄작용

수백 개의 선글라스 유리알 위로 아빠와 딸의 분주한 모습이 촬영되고 있다. 여기는 샹젤리제 거리의 선글라스 가게 안이다. 런던의 이층 버스에서 햇빛에 눈부셔하던 아빠에게 내 선글라스를 넘겼지만 계속 신경이 쓰였다. 가격은 생각하지 말고 디자인이 마음에 드는 것으로 고르라며 옆에서 아빠를 부추겼다. 물건을 사기 전 '살까 말까?', '너무 비싸지는 않을까?' 쭈뼛거리던 내 모습을 보며 부모님이 내게 하시던 이야기가 내 입에서 나오는 것이 신기했다. 그리고 으쓱하기도 했다. '회사 다니길 잘했다.'

우리는 마음에 쏙 드는 선글라스가 나타날 때까지 거울 앞에서 패션쇼를 했다. 커다란 코를 가진 유러피언의 얼굴형에 맞게 디자인된 선글라스는 아빠의 얼굴에서 자꾸 흘러 내렸다. 어쩌다 흘러내리지 않는 선글라스를 찾아내면 콧대가 아니라 커다란 볼에 걸쳐져 있었다. 옆에서 같이 선글라스를 써보던 나도 마찬가지였다. 우리는 이 우스꽝스러운 모습을 서로에게 보여주며 배를 잡고 웃었다. 혹시 여행 중 서로를 잃어버리는 일이 생겨 경찰서에 간다면, 인상착의

항목에 이렇게 기재할 것이 분명하다. '코가 작다.'

쇼핑이 이렇게 어려운 거였나. 포기할 법도 했지만, 지금이 아니면 쇼핑할 일이 없을 거라는 것을 직감한 아빠는 박세리 선수가 연못 속으로 들어간 공을 밖으로 쳐내듯 정말 힘겹게, 기적적으로 마음에 드는 것을 찾아냈다. 아빠는 거울을 보며 선글라스를 쓴 모습을 이리도 보고 저리도 보더니 흡족한 표정을 짓는다. 코가 작아 선글라스를 살 생각을 한 번도 해본 적 없다며, 직접 처음 골라 본 녀석을 끼고는 아이처럼 좋아하신다.

쇼핑을 끝낸 우리는 시원하게 쭉 뻗은 샹젤리제 가로수 길을 걸었다. 파리의 남자들이 지나갈 때마다 어쩜 저렇게 다들 멋있냐며 호들갑을 떨다가 아빠와 눈이 마주쳤다. 아빠에게도 칭찬이 필요해 보였다. "아빠가 더 잘생겼어. 오늘 선글라스 덕분인지 매력도가 상승한 것 같아."하며 엄지 두 개를 내어 보였더니 아빠는 뿌듯한 표정으로 어깨를 으쓱했다.

분홍 노을빛과 어우러진 개선문이 한눈에 들어오는 레스토랑을 발견하고는 아빠에게 파리지앵이 된 기념으로 이곳에서 저녁을 먹자고 했다. 병아리 콩을 곁들인 안심 스테이크와 오리 다리 구이 요리와 함께 붉은 와인도 주문했다. 우리는 각자가 선택한 것이 더 맛있다고 하면서도 가장 맛있는 부위를 서로의 접시에 덜어주는 센스를 잊지 않았다. 저녁이 되자 추워서 팔에 닭살이 돋은 것을 보고 아빠는 내가 먹은 오리 요리 때문이라고 놀렸다. 오리가 되어 부리로 마구 쪼아대고 싶었지만 기분 좋아 보이는 아빠의 얼굴을 보자 나도 모르게 또 기분이 풀렸다.

밤이 찾아오고 하늘에 달이 둥그렇게 떠 있는데도 아빠는 패션이라며 선글라스를 벗지 않았다. 거참, 이렇게나 좋아하실 줄 알았다면 진작 해드릴 걸 그랬다. 점점 더 느끼는 거지만 행복은 사소하고 작은 것에서부터 온다. 그리고 그 녀석은 고맙게도 지켜보는 옆 사람에게 잊지 않고 행복한 기운을 나눠준다.

You happy, I`m Happy.

천 번의 카메라 셔터

아름다움은 시대와 문화에 따라 저마다 다르다고 하지만, 에펠탑처럼 이렇게 미^美와 추^醜의 명성이 180도 뒤바뀐 작품도 없을 것이다.

한때 파리의 흉물이라고 평가되었던 에펠탑. 1889년 3월 처음 보는 거대한 철골 구조물에 파리의 시민들과 예술가들은 경악을 금치 못했다고 한다. 상상해보자. 돌로 쌓아 올린 건물이 흔하던 시절에 강을 연결하는 다리에나 쓰이는, 철로 만든 건물이 파리 한복판에 들어왔다고 말이다.

파리 시내 어디에서나 에펠탑을 볼 수 있었지만, 아빠와 나는 개선문 위에서 바라보는 에펠탑의 모습을 가장 사랑했다. '파리'라는 도시를 가장 잘 보여주는 곳에서 바라본 에펠탑의 모습은 가장 아름다울 나이의 여자가 곱게 화장을 하고 심플한 보석이 박힌 목걸이로 마무리를 한 모자람도 지나침도 없는 그런 모습이다.

아빠와 나는 개선문 위에 서서 방사형으로 곧게 뻗은 도시를 느린 시선으로 둘러보았다. 파리의 모습을 하나라도 빠뜨리지 않으려고 노력하는 사람처럼 천천히 몇 바퀴 돌며 가장 마음에 드는 곳을 찾았다. 멀리 에펠탑이 한가운데에 보이는 곳이었다.

필름 카메라를 가져왔으면 어땠을까. 지금처럼 몇 초에 한 번씩 셔터를 눌러댔을까. 모르긴 몰라도 필름 한 롤을 한 자리에서 다 쓰지 않았을까. 찍을 때마다 에펠탑이 조금씩 다른 것만 같아 계속해서 사진을 찍게 된다. 7시 20분의 에펠탑, 7시 21분의 에펠탑, 7시 22분의 에펠탑….

낮에도 이곳에 왔다. 284개의 좁은 계단을 올라와야 했지만 저녁에도 에펠탑이 보고 싶어 한 번 더 올라왔다. 고정해둔 카메라를 오랜 시간 녹화한 후 고속 재생한 것처럼 2시간이 금방 지나갔다. 그동안 에펠탑을 중앙으로 천둥과 번개를 동반한 비구름이 지나갔고, 노을이 졌고, 밤이 왔고, 반짝이는 별이 쏟아지는 듯한 조명쇼가 에펠탑의 몸을 감싸 안았다.

그 모습이 너무 예뻐 한순간도 놓치고 싶지 않은 마음이 사진기를 누르는 손에 전달되어 사진을 찍고 또 찍었다. 손이 시려왔지만 멈출 수 없었다. "내 평생 한 사물을 이렇게 많이 찍어 보긴 처음이다."라고 이야기하는 아빠의 손도 눈도 마음도 바빠 보였다.

모네Claude Monet가 루앙성당Rouen Cathedral이 잘 보이는 집을 빌려 창밖을 보며 시간과 날씨를 달리해 루앙성당 연작을 그렸듯이 나는 에펠탑을 그리하고 싶다. 눈이 오는 겨울을 배경으로 카메라 속에 흑백 사진으로 담고 싶다. 이곳에 한 번 더 와야겠다는 핑계를 대며 아쉬운 마음을 뒤로 하고 떨어지지 않는 발을 어렵게 떼어냈다.

새로운 언어를 공부하는 방법

"Deux café's s'il vous plait(듀 꺄페, 실보풀레). 커피 두 잔 부탁드려요."

아빠는 프랑스어도 할 줄 아느냐는 눈빛으로 쳐다봤고, 난 어깨를 으쓱하며
대답했다. "그 나라의 기본적인 언어를 알면 여행이 더 풍성해지잖아. 오기 전에
공부하고 왔지."

"듀가 둘이야. 앙, 듀, 투와. 프랑스어로 하나, 둘, 셋.
꺄페는 커피고. 꺄페 오레 들어봤지? 오레가 우유야. 우유 섞인 커피.
듀 꺄페 하면 커피 두 잔. 근데 너무 건방지잖아, 그래서 실보풀레, 영어로는
플리즈를 붙이는 거야. 쉽지?"

아빠는 '듀 꺄페, 실보풀레'를 몇 번 따라 하더니 나한테 윙크를 하며, 멸치 볶음
이라고 한다. "merci beaucoup(멕시 보꾸)." 고맙다는 뜻인데, 한국어의 멸치
볶음과 발음이 유사하긴 하다. 한참 유행이 지난 유머였는데도 난 터져 나오는

웃음을 감추지 못했다. 아마 이것이 여행의 재미겠지.

아빠는 웨이터와 프랑스어로 대화를 나누고 있는 나를 뿌듯한 눈으로 바라보고 계셨다. 손님이 별로 없는 한가로운 시간에 외국인이 서투른 고국의 언어로 주문을 하면 서빙하는 사람은 틀린 발음도 고쳐주고, 다른 쉬운 단어들도 알려주기도 한다. 배운 단어들은 여행 중에 계속 사용할 수 있어 아직까지도 잊을 수가 없다.

학교에서도 '책상 아래 고양이가 있습니다.'의 '아래'는 어떤 전치사를 써야 하는지 가르쳐주기보다 '너무 비싸요. 깎아주세요.'라든가 '당신 정말 잘생겼네요. 여자친구 있어요?' 같은 실생활에서 사용할 수 있는 표현을 알려줬더라면 얼마나 좋았을까.

어쩌면 로맨틱했을 그대

우리의 로맨틱한 계획은 실패로 돌아갔다.

여행할 때면 아빠는 언제나 엄마에게 예쁜 그림 엽서를 보냈다. 장기간의 여행을 허락한 엄마에 대한 아빠의 고마움이 전달되도록. 장담컨대 대한민국에서 우리 엄마처럼 멋진 여자는 몇 없을 거다. 부부모임이나 동창회에 나가면 아빠는 항상 부러움의 대상이다. 나이가 들어도 한결같은 엄마의 미모. 그리고 한 달 이상 멀리 떠나는 여행을 쿨하게 보내주는 엄마의 성격 때문이다.

"나는 멀리 오래가는 거 싫어. 비행기 오래 타는 것도 무섭고. 그런데 당신은 좋아하잖아. 다 자기 팔자소관이지. 그러니 여행하는 동안 내 생각 조금만 하고 실컷 즐기다 와. 그리고 자꾸 사랑한다고 문자로 보내지 말고, 와서 잘해."

엄마는 여행을 떠나는 아빠에게 이런 명언을 남겼다고 한다. 아빠는 여행을 하는 동안 한 번도 엄마의 말대로 하지 못했지만 말이다.

세느 강 옆 난간에는 짙은 초록색의 나무 박스들이 줄지어 있는데 오전 10시가 지나자 트랜스포머 로봇처럼 하나둘씩 노천 상점으로 바뀌었다. 대부분의 가판대에서는 오래된 엽서와 옛날 잡지들을 팔고 있었다.

연도별로 진열되어 있는 엽서들이 참 재미있었다. 새 엽서도 있지만, 어떤 엽서 뒷면에는 누군가 구구절절하게 써놓은 편지들도 있었다. 보통의 편지들이 사랑을 이야기하니, 이 편지도 어쩜 사랑을 고백하는 내용이 아닐까 짐작해본다. 이곳에 도착한 사연 있는 엽서들은 다 어디서 온 걸까. 추억의 유통기한이 다 된 엽서들도 새로운 사람을 만나 새로운 추억을 만들 수 있다고 생각하는 프랑스 사람들의 발상이 기발하다.

우리는 엄마에게 보낼 오래된 엽서 한 장을 사기로 했고, 아빠는 엄마를 만난 1982년의 엽서를 골랐다. 우리는 꽤 로맨틱한 선택이었다고 뿌듯해했다. 바보같이 어딘가에 홀리지만 않았으면 말이다.

Seize the day

Carpe, carpe, carpe diem(끼그페디엠).

Seize the day boys(현재를 즐겨라).

Make your lives extraordinary(너의 인생을 멋지게 살아라).

_ 영화, 〈죽은 시인의 사회〉

루브르 박물관은 '미친' 사람들의 작품을 모아 놓은 곳이었다. 이곳에 작품을 남긴 사람 중 삶에 미치지 않은 사람이 없으리라. 살아서 주목을 받든 죽어서 진가를 인정받든 그들은 그림에, 조각에, 삶에 미쳐 있었다. 그림의 모티브를 찾기 위해, 모델을 찾기 위해, 그리고 개성 있는 자신만의 그림을 위해, 자신을 위해 밤낮없이 노력했으리라. 그들 중에는 단명한 사람, 정신병원에서 마지막을 보낸 사람, 평생 가난에 굶주렸던 사람도 있을 것이다. 그리고 이들과 마찬가지로 모든 것을 쏟아부었지만 작품 한 점 걸지 못하고 이름 없이 사라진 사람도 있으리라.

루브르에서 목소리가 들렸다.
그래서 너는 무엇이 가장 두려운지 묻는다.

회사는 좋은 곳이었고, 원했던 곳이었고, 그곳을 나오면 앞으로 다시 들어가기 어렵다는 것을 알고 있었다. 매월 받는 급여의 달콤함도 너무나 잘 알고 있었다. '지옥'이라고 불리는 밖에서 힘든 것보다는, '전쟁터'에서 힘든 것이 더 낫다는 것도 물론 알고 있었다.
하지만 나는 하고 싶은 것을 못하게 되는 것이 더 무서웠다. 나는 하고 싶은 것이 무엇인지 모르고 평생이 바람처럼 지나갈까 무서웠다. 나는 하고 싶은 것이 무엇인지 알면서도 용기가 나지 않을까 무서웠다.

Seize the day.
나는 오늘 하루를 살지 못할까 봐 두려웠다.

나는 하얀 셔츠를 깔끔히 다려 입은 직장인의 모습보다 편한 티셔츠를 걸쳐 입고
언제든 무언가를 시작할 수 있는 지금의 자유로운 모습이 더 어울리는 사람
이었다.

루브르의 물음에 답하였다.
이제야 조금 나다워졌다고.

자신의 삶에 미쳐 있던 화가들의 작품을 보며, 내 마음속의 두려움, 화, 공포 등의
얼룩진 기억들을 하얗게 덮었다. 하얀 캔버스 위에 어떤 그림을 그릴지는 이제 내
몫이다.

우리는 길을 잃기로 했다

길을 잃으니 새로운 길이 보였다.

여행지에서 한 시간 정도의 거리는 주로 걸어 다녔다. 목적지에서 느낀 감동보다 길을 걷다가 우연히 만난 이벤트에서 감동을 느낀 적이 더 많았기 때문이다. 그래서 그 희열을 느끼기 위해 일부러 지도를 보지 않고 발이 가는 대로 걷기도 했다. 오히려 새로운 길을 만나기 위해, 길을 잃기를 바랐는지도 모른다.

아빠는 내 방식이 영 이상한가 보다. 어디로 가면 되냐는 물음에 이 방향으로 가다 보면 나오지 않을까라는 두루뭉술한 내 대답이 마음에 걸렸는지 자꾸만 지도를 들여다본다. 아빠는 그동안 자신이 여행을 준비하던 방식과 다르다며 목적지까지 가는 방법, 이동 시간 등을 미리 알아보고 움직여야 되지 않느냐고 묻는다. 나는 아빠에게 어차피 지도를 벗어나버려서 지도가 필요 없다고 이야기하며, 여행의 묘미는 길을 잃는 것 아니냐며 되물었다.

일상에서 매일 최단거리를 찾아 빨리빨리 뛰어다니느라 숨고를 겨를도 없었는데, 여행지까지 와서 '목적지를 향해 돌격'이라 외치며 정해진 루트대로 움직이기 싫었다. '지구는 둥그니까 언젠가는 나오겠지. 못 보면 어쩔 수 없고.'라는 열린 마음가짐으로 보물 찾기 하듯 헤매고 싶었다. 보려고 했던 사원, 궁전, 성당들은 텔레비전에서도 쉽게 볼 수 있지만, 사람들이 살고 있는 뒷골목은 나만이 간직할 수 있는 풍경이니까.

오늘도 큰 도로 옆의 작은 골목으로 들어가 그들의 삶이 고스란히 묻어있는 풍경을 보며 걷고 있었다. 우리가 걷고 있던 골목에서 구수한 빵 냄새가 났다. 청년, 아저씨, 아줌마 모두 가슴에 바게트를 두세 개씩 안고 걸어갔다. 저것이 진짜 파리바게트다, 꼭 먹어야 한다! 아빠와 나는 사람들이 걸어온 길을 거슬러 빵집을 추적했다. 마약 탐지견처럼 후각을 발휘해 여러 골목을 헤매다 보니 작은 시장이 나왔고, 마침내 사람들이 줄을 길게 서 있는 빵집을 찾을 수 있었다. 집에서 쉬던 옷차림 그대로 편하게 입고 나온 것을 보니 대부분 이곳에 사는 사람들인가 보다. 그래, 이런 집이 진짜 대박이지. 모두가 가슴에 안고 가던 그 빵과 함께 향이 진한 에스프레소가 우리 테이블에 올라와 있다. 아무리 그래도 '바게트가 그냥 바게트겠지.'하고 한 입 크게 베어 물었는데 겉은 바삭하고 속은 부드럽고 고소한 진짜 파리바게트였다.

우리의 발걸음을 멈추게 만드는 또 다른 가게가 나왔다. 과일가게 시식행사 중인 아저씨가 너무 웃겨 구경하다 보니 어느새 우리 손에는 방금 잘려져 나온 파인애플 조각이 들려져 있다. 아저씨에게 근처 볼거리도 추천받고, 이 길은 따라 걸어올라 가면 '몽마르트 언덕'이 금방 보일 것이라는 정보도 입수했다.

"거봐, 내가 헤매는 것처럼 보이지만 다 동물적인 감각으로 가고 있는 거야. 길을 잃었다고 해도 우린 파리에서 가장 맛있는 바게트도 먹고 몽마르트 언덕도 가잖아?"

이날을 끝으로 아빠는 더 이상 여행 중에 길에서 지도를 펼치지 않았다. 대신 우리는 길을 잃으면 더 깊은 골목으로 들어갔고, 그곳에 사는 사람들에게 근처의 볼거리, 먹거리, 할거리들을 추천받아 여행 책자에는 없는 우리만의 특별한 여행을 만들어갔다.

몽마르트 언덕의 댄싱머신

몽마르트 언덕으로 올라가는 길을 가득 메운 아티스트들의 자유로움에 우리는 매료당했다. 활어처럼 뛰어오르는 작품들은 그것의 주인과 닮아있었다. 길 위의 아티스트들은 손님이 원하는 대로 그 자리에서 작품을 만들어내기도 했는데, 그 모습이 너무나 멋있어 보여 한참을 바라보았다. 그런데, 옆에 있어야 할 아빠가 없다.

'나를 두고 어디 갈 사람이 아닌데….' 주위를 둘러보니 익숙한 뒷모습이 온몸을 흔들며 그루브를 타고 있었다. 흑인 밴드가 신나게 노래하고 있고 리듬에 맞춰 사람들이 흥을 즐기고 있는데 그중 누가 봐도 다른 사람보다 1.5배의 강도로 어깨가 들썩이는 저 사람, 바로 내 아빠다.

유럽 여행 중 많은 길거리 버스킹 밴드를 볼 수 있었지만 몽마르트 언덕에서 본 밴드 'PRESTEEJ'는 단연 최고였다. 신난 나도 어느새 아빠 옆에서 엉덩이춤을 추고 있었다. 흥이 오른 아빠 얼굴을 보니 이곳은 더 이상 몽마르트 언덕이 아니라, 고고댄스장이다. 조금만 부추기면 바로 무대로 올라갈 기세였다. 하지만 때를 기다리자. 지금은 아니다.

"우리 CD 한 장 살까?" 나는 이때다 싶어 아빠에게 10유로짜리 지폐를 내밀었고, 아빠는 무대로 올라갔다. CD만 쏙 골라서 관객석으로 내려오는 아빠를 다시 스테이지로 올려보내고 작은 똑딱이 카메라를 마치 방송용 카메라처럼 들고 동영상을 찍는 포즈를 취했다. 밴드들도 센스있게 내 제스처를 읽는 아빠 주위로 몰려들었다. 즉석 댄스가 시작되었다. 주위의 환호성에 더 신이 난 밴드와 아빠는 트위스트, 관광춤, 토끼춤 등 한때 한국의 고고댄스장을 주름잡던 춤을 선보였다. 때마침 비까지 내린다. 비와 함께 천둥이 치면 아빠가 스무 살의 젊은 날로 돌아갈 수 있지 않을까 하는 엉뚱한 상상을 하며 '노는 아빠'를 카메라 속에 담아본다.

　"아빠, 젊을 때 좀 놀았지?"

　"젊었을 때 안 놀아본 사람도 있어?"

입장은 곤란하지만 퇴장은 기분 좋은

사는 건 너무 지루해. 매일 매일 같은 하루의 연속이지.

그래 봤자 결국 황천길인데?

내게 기가 막힌 묘약이 있는데, 알려줄까?

물랑루즈로 오면 삶이 즐거워져.

근심 걱정 잊고 신나게 흔들어 봐.

어려울 것 없잖아? 다 함께 춤추는 거야. 캉캉 춤을!

_ 영화, 〈물랑루즈〉

아빠와는 장르, 등급 상관없이 영화를 자주 보는 편이다. 하지만 같이 보다가도 '흠, 흠' 하며 휴대폰을 본다거나 잠시 내 방에 다녀오는 때가 있는데, 바로 야릇한 장면이 나올 것 같은 분위기일 때이다. 물론 나도 근육남의 몸매가 몹시 궁금하지만 부자유친, 즉 아버지와 자식 사이의 친함을 유지하기 위해 자식 된 도리로 슬며시 자리를 피한다.

이곳 프랑스에서는 무엇을 해야 아빠가 친구들에게 자랑할 수 있을까 고민하다 문득 물랑루즈가 생각났다. 둘 다 뮤지컬 영화를 좋아해서 〈시카고〉나 〈물랑루즈〉는 함께 영화관에서 보고, 집에서도 여러 번 같이 본 기억이 났다. 하지만 프랑스의 진짜 〈물랑루즈〉 공연은 혼자 보거나 친구들과 보기에는 괜찮겠지만 아빠와 함께 보기에는 무희들의 노출이 민망하지는 않을까 걱정되었다. 그래도 여기까지 왔는데 안 보고 가기는 또 아쉬워 아빠에게 물어보니 1초 만에 대답이 돌아온다.

"당연히 봐야지, 언제 볼 거야?"

물랑루즈의 상징인 빨간 풍차의 네온사인이 낮인데도 빨갛게 켜져 있다. 비를 맞고 있는 극장 주변으로 고혹적인 분위기가 흐른다. 공연은 하루에 두 번으로 1,000석의 공연장이 매일 매진이라고 한다. 도대체 어떤 공연일까. 저녁 시간, 와인이 곁들여진 자리를 예약했다. 1인에 125유로로, 우리나라 돈으로 약 15만원 정도였다. 인터넷으로 미리 예약해 저렴하게 본 영국의 뮤지컬 가격의 3배 이상이었지만 과감하게 질러버렸다. 이번 여행에서는 비용 때문에 고민이 될 때, 어쩌면 지금 이 순간이 인생의 한 번뿐인 순간이라고 생각하기로 했다. 돈의 가치가 아닌 시간의 가치로 따져보면, 의외로 답은 간단했다.

비오는 파리의 밤, 아빠와 물랑루즈 공연장으로 들어간다. 많은 사람들이 턱시도와 드레스를 갖추어 입었다. 웨이터가 안내해 준 자리는 공연장의 중간은 아니었지만 무대가 한눈에 다 들어왔고, 센스 있게 아빠와 내 자리를 앞뒤 좌석으로 마련해 주었다. 공연을 보는 동안 우리는 서로의 표정을 의식하지 않고 편안하게 앉아 와인을 나눠 마시며 무희들에게 집중했다.

캉캉캉~!

공연 시작과 함께 무대에 빨려 들어가는 기분이었다. 프렌치 캉캉춤을 추는 무희들은 벗고 있는데도 야하게 느껴지지 않았다. 오히려 아름다웠다. 모식으로 만든 화려한 의상을 입고 무대를 꽉 채운 수십 명의 무용수들이 약속된 자리에서 정열의 춤을 쉬지 않고 춘다. 쇼와 쇼 사이에는 공백이 없다. 쇼가 끝난 무용수들이 빠져 나가면 또 다른 화려한 의상을 입은 무용수가 등장한다. 현란한 장면들로 눈이 지쳤을 때는 잠시 쉬어가는 코너로 슬랩스틱 공연과 서커스쇼가 관중들을 즐겁게 했다. 첨단 과학 기술이 총동원된 태양의 서커스단이 공연하는 쇼도 대단하지만, 역사가 깊은 오래된 극장에서 펼쳐지는 무희들의 춤만으로 만들어진 쇼 또한 보는 모든 이들의 시선을 빼앗기에 충분했다.

공연이 어땠는지는 서로 물어보지 않았다. 다만 오늘을 기념하기 위해 어두운 밤에 더욱 빛이 나는 빨간 풍차 앞에서 기념사진을 찍었다. 그리고 내려야 할

지하철 역 두 정거장 전에 내려서 걷기로 했다. 비가 오는 고요한 파리의 거리를 걷는다. 무희들의 열정으로 달아올랐던 흥분이 비와 함께 조금씩 씻겨 내려간다. 가로등 밑으로 떨어지는 빗물이 은은한 금색 빛의 옷으로 갈아입고 춤을 춘다. 아마도 아빠는 친구들에게 이렇게 이야기하겠지.

"프랑스는 어땠어?"

"옷을 벗은 듯 걸친 듯한 미녀들이 춤을 추는 화려하고 아름다운 도시였어."

영원할 것처럼, 마지막인 것처럼

Gather ye rosebuds while ye may,

Old Time is still a-flying?

And this same flower that smiles today

To-morrow will be dying.

(시간이 있을 때 장미 봉오리를 거두라.

시간은 흘러 오늘 핀 꽃이 내일이면 질 것이다)

_ 시 〈To the Virgins, to Make Much of Time〉

화려했던 날들도 영원할 것 같은 날들도 결국 사라지게 된다. 찬란했던 베르사유 궁전도, 주인 없이 빈 공간만 덩그러니 남겨져 있었다. 화려했지만 그 순간뿐이었다.

파리의 마지막 밤, 우리는 세느 강 위를 흐르는 유람선에 몸을 맡겼다. 함께 했던 파리의 날들이 우리를 스쳐 지나간다. 아빠가 직접 주문한 에스프레소에 설탕 두 개를 탈탈 넣어 마셨던 퐁네프 다리, 지하철을 타지 않고 걸어가는 바람에 비오는 날 옷만 다 젖고 늦어서 들어가지 못했던 오르쉐 미술관….

밤이 되니 두꺼운 옷을 입고 나왔는데도 제법 쌀쌀하다. 낮에는 시원했던 바람이 추운 기운을 몰고 와 두 뺨에 부딪힌다. 아빠는 따뜻한 1층으로 먼저 내려갔다. 실내보다 야외를 더 좋아하는 나도 이가 딱딱 부딪히는 소리가 나 결국 1층으로 따라 내려갔다. 아빠가 창가에 기댄 채 꾸벅꾸벅 졸고 있는 모습이 보인다. 따뜻한 온기와 클래식 음악, 아른거리는 파리의 불빛이 감상에 젖기에 충분했다. 졸고 있는 아빠의 옆에 앉아 홀로 창밖을 보는데 어느날, 아주 먼 어느날 언젠가는 지금 내 옆에 있는 아빠가 없을 수도 있다는 생각이 갑자기 들었다. 그리고 조금 더 지나 아빠가 없다는 사실에 익숙해질 때 즈음, 슬픈 감정을 억누르고 억눌러 숨겨놓았을 즈음, 파리에 다시 오게 된다면, 세느 강 이곳에서 펑펑 울 수도 있다는 생각을 하니 가슴이 먹먹해졌다.

곁에 있는 모습이 너무 당연해서 소중해도 소중하다고 표현도 많이 못했는데….

영원히 살 것처럼 살지 말아야지.
오늘이 마지막인 것처럼 표현해야지.

함께 와줘서 고마워요.
사랑해요.

만나려면.

부모와 자식의 여(緣)으로

슬기는 안간힘을 쓴다. 코끝의 안경이 위태롭다.

"아빠, 좀 웃어. 그리고 다른 포즈는 없어?"

항상 군대식 차렷 자세로 서있는 나를 보고, 사진을 찍을 때마다 애를 먹는다.

그러다 급기야 자신이 몸을 비틀면서 시범을 보인다.

내가 사진의 피사체인지 아니면 슬기가 피사체인지 헷갈린다.

그런 모습을 쳐다보는 나는, 딸이 몹시 안쓰럽다.

이번 여행을 하면서 찍은 내 사진을 모아 칠순 때 선물로 준다나.

아이고 예쁜 내 새끼.

파리는 추억을 여행하기 딱 좋은 곳입니다.
내가 읽거나 본 소설, 영화, 시 속의 주인공이 되어
언젠가 한 번쯤 와 봄직한 빛바랜 장소들을 찾아 나서면
때론 봄빛으로, 때론 가을빛이 되어 희미한 옛 추억들로 되살아납니다.

그러나 무엇보다
아릿한 그리움을 자아내는
세느 강이 있어 좋습니다.

해질 무렵 노트르담 성당을 끼고 미라보 다리로 갑니다.
흐르는 강물을 바라보며 다시는 돌아오지 못할 청춘과
옛 사랑과 시인 아폴리네르를 생각합니다.

미라보 다리 아래 세느 강은 흐르고
우리의 사랑도 흘러간다.
마음 깊이 새겨 두리라.
기쁨은 언제나 고통 뒤에 온다는 것을
밤이여 오라. 종아 울려라
세월은 흐르고 나는 남으리.

미라보 다리를 건너 왼쪽 강변을 따라 줄지어 있는 노점에서
누군가에게 보내 어진 빛바랜 엽서들을 보면서
"첫사랑"이란 단어를 떠올려 봅니다.
그러면 마치 내가 엽서의 주인공인 양 가슴이 뛰기도 합니다.
그리고 저마다의 모습과 사연을 지니고 있는 다리 위에 올라 봅니다.
퐁네프 다리, 예술의 다리, 알렉산드 3세의 다리.

그러면,
노틀담성당, 판테온, 루브르 박물관, 오르세 미술관, 오벨리스크, 에펠탑.
그리고 멀리 무명화가의 손짓이 바쁜 몽마르트 언덕의 사크레쾨르 성당 등이
각기 다른 모습으로 보입니다.

어떤 것은 석양을 서서히 등지고
어떤 것은 석양을 서서히 마주하고
어떤 것은 서서히 가까워지고
어떤 것은 서서히 멀어지면서
강물 위에 빛으로 그 흔적을 남깁니다.

어둠이 내리면
자연의 빛이 물러 간 자리에 인간의 빛이 강물을 채웁니다.
그러면 세느 강은
홍등가의 여인처럼 새로운 몸단장을 하고 고혹적인 미소를 보냅니다.

"그 동안 어디 있었어요? 나를 안아 주세요."

어둠이 짙어 갈수록 그 유혹도 깊어 갑니다.
세느 강을 사랑한 한 중년 사내의 사랑 또한 깊어만 갑니다.

슬기가 행복하면 나도 행복해.

추석을 맞아 서울에서 내려온 슬기의 표정이 무척 어둡습니다.

심지어 방에서 혼자 울기까지 합니다. 가슴이 철렁 무너집니다.

직장을 그만두겠다고 합니다.

딱 짜인 공간 안에서 생활하는 것이 너무 힘들다고 합니다.

신에게 살려달라고까지 했다고 합니다.

아내는 다른 애들은 그 좋은 회사를 못 들어가서 난리인데

너만 왜 그러냐고 몰아칩니다.

슬기를 데리고 밖으로 나갑니다. 그리고 우문愚問을 합니다.

후회하지 않겠냐고.

··············!!

그래, 너 하고 싶은 대로 해라.
자식 눈에 눈물 흘리는 것 보고 싶지 않다.
아빠는 네 편이고, 너를 믿는다.
그리고 네가 행복하면 나도 행복하단다.

슬기의 얼굴이 조금 밝아집니다.
서울로 가는 기차역, 배웅을 하고 돌아오는데
그동안 혼자 얼마나 아파했을까를 생각하니
칼로 베인 듯 가슴이 아려 옵니다.
눈시울이 뜨거워 옵니다.

두려워하지 마, 내 새끼.
아빠 영원한 네 편이야. 힘내!

_ 2011. 9.15. 나의 일기에서

여기는 유명 메이커 숍이 줄지어 있는 샹젤리제 거리입니다.

클래식한 하얀색의 사각형 가림막이 쳐진 길가 카페입니다.

레이스가 달린 붉은색의 천으로 포인트를 둔 테이블에 앉아

나비넥타이, 흰 와이셔츠, 검은 정장을 한

수염이 섹시한 잘생긴 남자의 시중을 받습니다.

개선문의 그림자가 길게 드리운 늦은 오후입니다.

테이블 위에는 미디엄 사이즈의 맥주와

육즙이 뚝뚝 흐르는 스테이크가 놓여 있습니다.

왼손에는 포크, 오른손에는 나이프를 들고

조금씩 고기를 잘라 우아하게 입으로 가져갑니다.

그리고 으~음 하고 맛있는 척 감탄사도 살짝 곁들입니다.

물론 와인도 살포시, 조금씩, 감질나게.

그러면서 조금 전 슬기가 사준 선글라스 너머로

지나가는 사람들을 봅니다.

우리를 부러운 시선으로 바라보는 사람들이 있나 확인합니다.

참, 선글라스 이야기를 하겠습니다.

이미 제 사진을 보신 분들은 알겠지만
아내를 빼고는 제 코가 작다는 것을 아는 사람은 다 압니다.
웬만한 것은 잘 흘러내립니다.

물론 성형외과로 뛰어가서 양코배기처럼 코를 세우고
주윤발이처럼 검은 선글라스를 걸쳐 보는 꿈을 수도 없이 꾸어봤습니다.
그때마다 아내의 거센 항의로 번번이 좌절당했습니다.
지금도 잘생겼는데 코를 세우면 바람이 난다나, 어쩐다나.
개 풀 뜯어 먹는 소리를 하니 어쩝니까.

그런데 오늘 샹젤리제 거리를 걷는데
슬기가 나를 유명 선글라스 숍으로 쏙 데리고 들어갑니다.
갑자기 당한 일이기도 하고, 한번도 경험이 없어
그냥 뻘쭘하게 서 있었습니다. 난감하다는 말을 이럴 때 쓰지요?
거의 30분간의 사투 끝에 선글라스 하나를
손에 쥔 슬기가
전투에서 이긴 장수의 모습으로 쏙 나타나
내 얼굴에 걸쳐 줍니다.

"겨우 하나 찾았네."

그리고 기적이 일어납니다.

겸연쩍은 얼굴로 조심스레 거울을 보는데?!!!

바로 선글라스 걸친 사진을 찍어

한국에 있는 아내와 작은 딸에게 카톡을 날립니다. 좋아?

바로 '구웃'이라는 답이 오네요.

어때요?

잘 어울리는 것 같아요?

샹젤리제 거리에서 또 하나의 추억이 만들어집니다.

비가 내린다. 몽마르트로 올라가는 골목길이 참 예쁘다.

옅은 원색으로 칠한 벽은 싱그러운 넝쿨식물로 가득하다.

창이나 문들도 다 저마다의 모습으로 고개를 내민다.

두어 평 남짓한 가게들도 알록달록 고운 색으로 단장했다.

일상의 모든 것들이 이곳에서는 예술이 된다.

높이 불과 130여 미터인 작은 언덕, 몽마르트 언덕에는

고흐나 피카소를 꿈꾸는 무명화가들이

오늘의 양식을 벌기 위해 빗속에서도 손짓이 연신 바쁘다.

운 좋은 이는 벌써 중국인을 앉히고 특징만을 부각시키는 캐리커처를

그리는지 눈은 건빵 눈으로 코는 주먹코, 입은 붕어 입으로

그림의 주인공이 이 그림을 보았을 때

어떤 반응을 보일지 사뭇 궁금하다.

언덕 꼭대기 성당 가는 길, 정갈한 포장마차들이 줄지어있다.

집에서 빚은 훈제 햄과 소시지를

모양이 제각각인 치즈를

낱잔의 포도주와 맥주를 파는 가게들이다.

나는 포장마차도 그 자체로 그림이 됨을 처음 보았다.

사크레쾨르 성당에 들러 성모님 앞에 촛불을 밝힌다.

마음이 경건해진다. 슬기를 위해 기도한다.

성모 마리아님, 은총을 베푸소서.

저 멀리 에펠탑이 보인다. 파리는 안개에 잠겨 있다.

잠시 그쳤던 비가 또 쏟아진다.

화가의 도화지가 비에 젖어 찢어지면 어떡하나 괜한 걱정이 된다.

노천 천막 아래에서 비가 그치기를 기다리면서

쓸데없이 맥주를 홀짝이며

아침에 끄적였던 메모를 떠올린다.

오늘은 몽마르트 언덕으로 갑니다.

길거리 카페에서 커피도 한 잔 하고,

무명화가에게 못생긴 얼굴도 한번 맡겨 보고,

내려오는 길에 빨간 풍차의 집 물랑루즈에 들러

무희들의 하얀 젖가슴도 한번 보고.

내려오는데 자꾸만 뒤돌아보게 된다.

몽마르트 안녕! 오르부아!

프랑스 말은 콧구멍을 크게 하고,

혀끝을 목구멍에 최대한 가까이 하고서

킁킁~콩콩~ 코맹맹이 소리를 질러 대는 창녀 목소리와 같다.

독일 말은 감기가 심하게 들린 목에 가래를 뱉으면서 시비 붙는 소리다.

새끼 시발 캑캑!

거칠고 투박하다.

받침이 없는 스페인 말은 따발총 소리가 난다.

쉴 새 없이 나발나발하는 소리를 들으면

저러다 숨 넘어 갈라 걱정된다.

그러나 리듬만 잘 탄다면 안토니오 반데라스처럼 느끼하기도 하다.

민박집 아주머니 안녕하세요? 아주머니 얘기 좀 할게요.

파리 북 역에서 지하철 타고 리아무르 세바스톨 역에 내렸는데
민박집을 도저히 못 찾겠다. 전화를 걸어 우리의 위치를 설명했더니
세상에서 가장 무심한 목소리로
그냥 기다리란다.
그리고 5분 후 웬 중년의 동양인 여자가 등장하고
우리를 보고도 몇 번 두리번거린다. 묘한 어색함이 흐른다.
인사를 꾸벅 했는데도 아무 반응이 없다. 그리고 앞서 걸어간다.
아마도 군말 말고 따라오라는 거겠지.
오리 새끼가 어미 따라 가듯
무거운 배낭을 짊어지고 따라 간다.
혹시나 노칠 새라 조바심을 내며.
숙소에 들어서자마자
숙소 이용시 주의 사항을 연변 말투로 따발총처럼 쏘아 되는데
정신이 하나도 없다.

"아이고, 아주머니 일단 숨부터 돌려놓고 말씀 하이소."

헐! 이거 공짜로 자는 것도 아니고, 8인실 도미토리에 30유로나 주는데.

짜증이 확 치민다. 잘못 왔다.

어, 그런데 이 아주머니 시간이 갈수록 정이 든다.

성격도 화끈하고

아침, 저녁 식단도 정성을 다 한다.

그리고 나이 많다고 나를 은근히 챙긴다.

벨기에 갔다 오는 날, 파리 북 역에 도착하니 시계는 딱 오후 8시 50분.

잘하면 숙소에 9시까지 도착하겠다.

"슬기야, 지금 가면 저녁 얻어먹을 수 있을까?"

참고로 민박집 저녁 시간은 7시에 시작, 8시쯤이면 모두 끝난다.

혹시나 했는데 역시나 아주머니 벌써 자고 있다.

"틀렸다. 굶고 자자."

그럴수록 온종일 벨기에 와플만 간직한 배는 한식을 달라고

아우성을 치고. 이거 미치겠다. 잠들기 전에 먼저 죽을 것 같다.

이때 기분 좋은 노크 소리. 문을 여니 슬기가 활짝 웃으며 서 있다.

"아빠 나와 봐. 아주머니가 다른 애들 눈치 못 채게 조용히 먹으래. 이렇게

해 주는 거 처음이래. 아무래도 아빠 때문인가 봐. 저녁은 짜장밥을 해서

다른 반찬은 없대."

"오잉, 짜장?!! 아.쉽.다!!!"

국수 양푼에다 밥을 양껏 푸고 냉장고를 뒤져
아침 때 먹고 남은 무나물과 신 김치에 고추장을 푹 떠서 쓰윽 비벼 먹는데
꿀맛이다.
슬기도 기분이 좋은지 싱긋 웃는다.

"맛있지?"

"그래, 기똥차네."

아주머니, 이른 새벽에 나오느라 인사도 드리지 못한 점 미안합니다.
혹시 다시 가게 되면 데이트 한번 합시다.

앞서 걸어가는 딸아이의 뒷머리에 흰머리가 수북하다.

그 동안 무관심했음에 미안하고 마음이 아프다.

그 동안 얼마나 힘들었으면

다음 생애에 우리 부녀의 연(緣)으로 다시 만난다면

그땐 내가 딸 할게.

고마워.

#1 알고 보면 더 재미있는 물랑루즈의 세 가지 감상 포인트.

〈1889년〉 – 파리가 세계적으로 유명해진 계기가 된 만국박람회가 열리고, 에펠탑이 세워진 해, 물랑루즈의 문을 열다. 〈프렌치 캉캉〉 – 다리를 높이 차올리는 이 춤은 본래 서민적인 춤이었으나 물랑루즈의 쇼를 계기로 파리의 명물이 되었다. 〈툴루즈 로트렉〉 – 물랑루즈의 단골이었던 화가 로트렉이 그린 물랑루즈 광고 포스터는 벽에 붙자마자 사람들이 떼어갈 정도로 인기를 끌었다. 포스터의 주인공으로 등장한 무희, '잔 아브릴' 또한 유명세를 얻었다. 그가 무희들을 그린 작품은 오르세 미술관에서도 볼 수 있다.

#2 오르세 미술관에 가자.

고흐에서 고갱, 모네, 밀레, 마네, 르누아르, 드가, 세잔까지. 부모님이 "아, 이 작품 나도 아는데!" 할 수 있는 친숙한 '인상주의' 그림들을 한자리에서 볼 수 있는 미술관이다.

#3 추억 여행하기.

〈미라보 다리〉 – 이곳에서 부모님의 청춘 시절을 울렸던 기욤 아폴리네르의 시, 〈미라보 다리〉와 함께 부모님만의 추억 여행을 할 수 있는 시간을 드리자.

〈생투앙 벼룩시장〉 – 이곳에서 각자 태어난 년도의 오래된 엽서를 찾아보자. 당시 시대상을 보여주는 엽서에 그려진 그림은 생각보다 재미있고 묘한 느낌으로 다가온다.

#4 숙소 위치 정하기.

이른 새벽부터 늦은 밤 시간까지 산책하기 좋은 곳이 파리이다. 그러므로 숙소는 관광지 근처, 대중교통의 정류소와 멀지 않은 곳으로 예약한다. 파리는 1구역부터 20구역까지 달팽이 모양으로 나눠져 있는데, 대부분의 유명 관광지는 1~10 구역에 모여 있다.

#5 샹젤리제 거리 노천카페에서 식사하기.

시간이 지남에 따라 파리지앵으로 변하는 부모님의 모습을 볼 수 있다. 센스 있게 와인과 디저트 주문은 기본! 메뉴판을 꽉 채운 다양한 디저트와 와인 덕분에 무엇을 먹고 마셔봐야 할지 고민이 될 때는 끌리는 이름을 콕 찍어 주문해보는 것도 하나의 재미이다. 또한 와인 라벨에 복잡하게 적혀있는 포도 품종, 와이너리 이름을 알지 못해도 우리가 어떤 커피콩인지 몰라도 커피를 맛있게 마실 수 있는 것처럼 와인도 편하게 즐길 수 있다. 그래도 너무 복잡해! 하는 경우엔 레스토랑의 지배인에게 요리와 어울리는 와인을 추천 받거나 하우스 와인을 주문 하는 것도 하나의 방법이다(와인을 알고 싶다면, 만화 〈신의 물방울〉을 추천한다).

요리로 만나는, 프랑스

- 라따뚜이(Ratatouille, 2007)
- 줄리 & 줄리아(Julie & Julia, 2009)
- 엘리제궁의 요리사(Haute cuisine, 2012)

댄싱 위드 파파

Dancing with PAPA

⋮

벨기에

Belgium

:

아빠의 독백

벨기에로 향하는 기차 차창 밖으로 펼쳐진 한 폭의 그림 같은 전경이 흘러간다. 우리 둘은 마주 보는 의자에 편한 자세로 기대어 앉아 필요할 때 언제든지 상영할 수 있도록 기억의 영화관에 녹화 중이다. 최대한 진지한 표정을 짓느라 둘 다 입술이 살짝 나와 있고, 창가에 코가 바짝 붙어 있다.

침묵을 깨고 아빠가 먼저 말을 건넸다. 건넸다기보다는 혼자 읊조리는 독백에 가까웠다.

"유럽, 좋을 거라 생각은 했지만
이토록 가슴 깊이 좋아질지 몰랐어.
유럽 사람들의 그림이 왜 그토록 아름다운 줄 알겠어.
이 자연을 그대로 담았네."

아빠는 이후에도 유럽을 여행하는 80일 내내 창가에서 눈을 떼지 못했다. 한참을 바라보다 사진을 찍고, 또 한참을 바라보다 메모를 남겼다. 그 모습에서 묘한 느낌이 전해졌다.

이곳에 함께 오길 참 잘했다.

본의 아니게

"슬기야, 한국 가서 와플 가게 해라. 벨기에 와플 와이리 맛있노!"

달달한 향이 도시 전체를 감돌고 있었다. 수제 초콜릿 가게와 와플 가게 그리고 나무 인형들이 브뤼셀에 온 여자들의 마음을 사로잡았나. 내 마음도 이미 브뤼셀의 포로로 잡힌지 오래다. 초콜릿을 입에 넣지 않아도 향으로 그 맛을 알 수 있었다. 한동안 살이 찐다고 72% 카카오 초콜릿만 고집했지만 오늘만큼은 완벽하게 무장해제되어 버렸다.

벨기에와 가까운 도시들, 런던이나 파리, 암스테르담에 사는 남자들은 여자 친구와 다투었다면 함께 브뤼셀로 오라. 달짝지근한 초콜릿으로 만들어진 장미 한 송이에 여자 친구의 기분이 좋아져 어느새 그대의 팔짱을 끼고 있을 테니.

아빠는 내가 이성을 잃고 모든 가게에 들어갔다 초콜릿을 입에 묻히고 나오는 장면들을 고스란히 목격 중이다. 나는 고삐 풀린 망아지가 되어 이 가게 저 가게로 뛰어다녔다. 초콜릿의 달달함으로 아드레날린이 춤추기 시작했고, 이젠 와플의 달콤함을 탐닉하기 시작했다. 사실 여행 루트도 네덜란드와 벨기에를 고민하다 오직 '와플' 때문에 벨기에를 선택했었다.

와플만큼은 한국에서도 맛있다는 가게에 찾아가서 먹을 만큼 좋아하고 나름 까다로운 입맛을 가지고 있다고 자부하지만 벨기에, 이곳의 와플은 어느 가게를 들어가도 눈이 튀어나올 만큼 맛있다. 어떻게 와플에서 이런 맛이 날 수가 있지? 김치와 돼지고기, 물만 넣고 끓인 김치찌개에 조미료를 한 숟갈 넣은 느낌이랄까. 와플에서 감칠맛이 난다. 오늘은 위가 열심히 팽창 운동을 해주길 바라며, 본격적으로 와플가게 투어를 시작했다.

아빠와 나는 와플에 올려진 크림이 코에 묻는지도 모르고 벌써 세 개째 입에 넣고 있는 중이다. 너무 맛있어서 입을 벌릴 때마다 만화처럼 입에서 '앙앙', '와구와구' 소리가 났다. 이곳에 온 이상 눈에 보이는 와플은 다 먹고 가야 한다고 여기저기 헤매고 있을 때, 멀어졌던 이성의 끈을 살짝 아빠가 잡아주었다.

　　"슬기야, 오줌싸개 소년 동상은 보고 가야지. 우리 조금 이따가 브뤼헤로 가는 기차도 타야 해."
　　"오줌싸개 소년 동상? 와플 가게마다 앞에 서 있던 그 동상? 우리 많이 봤잖아."

우물거리던 와플을 삼키고 아빠를 쳐다본다.

와플가게 앞에 있는 모형 말고 진짜 오줌싸개 소년 동상을 찾기 위해 작은 동네를 한 바퀴 돌고 다시 우리가 있던 자리로 돌아왔다. 등잔 밑이 어두웠던지 바로 근처 사람들이 많이 모여 있던 곳에 동상이 있었는데 못 봤나 보다. 사람들 틈을 비집고 들어가 동상을 본 순간 루브르 박물관에서 우표 크기만 한 모나리자를 봤을 때와 같은 반응이 나왔다. 에게?!!!

정말 작았다. 아무리 작은 고추가 맵다고 하지만 오줌싸개 소년은 작아도 너무 작았다. 그래도 여기까지 왔으니 사진을 남겨야지 하며 아빠 한 장, 그리고 나도 한 장 찍었다. 포즈는 소년을 손가락으로 잡는 포즈로. 두 손가락을 집게 모양으로 만들어 하늘로 올렸다. 아빠가 요리조리 카메라 각도를 바꾸며 손가락 사이로 소년이 들어오게 하려고 노력하였다.

　"잘 찍었어?"

　"응. 잘 잡았어."

　"뭘?"

　"소년 꼬치를 딱 잘 잡았어."

아빠는 이런 유치한 장난을 치고는 좋다고 옆에서 킥킥대며 웃고 있다. 어이가 없어서 벙찐 얼굴을 하니 와플 먹으러 가자고 한다. 나를 다루는 방법을 아주 잘 아는 사람이다. 달콤하고 쫄깃하고 따뜻한 와플을 먹으니 조금 전 장난이 금세 잊혀졌다.

기차 출발이 몇 분 남지 않은 상황에서도 우리는 이것이 진정 우리의 마지막 벨기에 와플이라는 사실에 아쉬운 마음이 들어 서둘러 와플과 맥주를 주문하였다. 아빠는 기차가 떠나는지 망을 보고, 딸은 갓 만들어진 따끈따끈한 녀석을 안고 100m 달리기로 기차 속으로 세이프!

벨기에 와플&맥주 진짜 최고!

그리고 덤으로 추억이 남는다.
자리를 잡는다.
그 빈 자리에 그리움, 고마움, 감사함이
여행은 비움이다.

미얀마 바간에서. 2012년

아이고, 예쁜 내 새끼야.

우리 엄마가 나이 육십이 넘은 내가 마음에 드는 짓을 하면 늘 하는 말이다.

내 새끼가 예쁜 짓을 하면

나도 엄마를 따라

아이고, 예쁜 내 새끼, 누굴 닮아 이리 예쁘노.

．

벨기에 브뤼셀로 가는 고속열차 탈리스Thalys 안입니다.

차창 밖으로 눈을 뗄 수 없는 아름다운 풍경이 펼쳐집니다.

기차의 속도에 맞추어 움직이는 활동사진입니다.

먼 곳은 느리게, 철로 변에 가까이 오면서 영상은 점점 빠르게 돌아갑니다.

열차 바퀴의 규칙적인 진동에 몸을 맡기며

바람과 빛이 만들어 낸 영상에 함몰되어 갑니다.

약간의 구릉이 있는 지평선 위로 짙푸른 하늘을 캔버스 삼아

때로는 세로로, 때로는 가로로, 때로는 두텁게, 때로는 옅게

4월의 건조한 바람은 흰 구름으로 쉴 새 없이 붓질을 하고

빛은 검은 땅 위를 푸른 보리와 노란 유채꽃으로 절묘한 매칭을 시도합니다.

그리고 혹시 조금은 심심할까 봐,

이 둘의 경계에 간간이 키 큰 나무와 작은 나무로 음영을 조절하고

머리에 십자가를 인 교회와 그 주위에 옹기종기 모여있는

빨간 지붕으로 빛이 모여지면서 그 방점을 찍습니다.

나는 지금 반 고흐의 그림 속에 있습니다.

철로 변에 가까이 올수록 화면은 빨리 돌아갑니다.
조리개를 최대한 열고 빠른 셔터 속도로 정지 화면을 만들어 봅니다.

붉은 개양귀비 꽃이 흐드러진 철로를 따라
가위질로 멋진 각을 살린 나무 울타리 속,
방 두 개와 거실 하나쯤 달린 듯한 흰 집과
서너 평 남짓의 잔디가 곱게 깔린 정원에는
부부가 마주 앉으면 코가 닿을 듯한 식탁.
마당 한켠을 가로질러 놓인 빨래대에는
알록달록의 아기 옷들이 하늘하늘 걸려 있다.

오늘 저녁 아내는 다림질한 흰 천을 깔고
농익은 붉은색 포도주와 갓 구워 낸 빵으로
일터에서 돌아온 남편을 유혹할 것이다.
기차가 지나가면 그들의 사랑도 시작될까.
아마도 내년 이맘때쯤 귀 기울이면
새로운 아기 울음소리가 들릴지 모르겠다.

붉은 띠가 둘러진 검은 모자를 쓰고 간간이 킁킁 콧소리를 내며 지나가는
늙은 검표원의 모습이 정답습니다.

조잘거리던 슬기는 어느새 잠이 들었습니다.

아내의 얼굴을 쏙 빼닮아 한 손으로 폭 감싸질만한 조그만 얼굴은

햇볕에 그을리고, 입술에는 가는 금들이 나 있습니다.

나의 욕심을 따라 다니느라 많이 힘들었나 봅니다.

애연하고 고맙습니다.

스마트폰 구글 지도 위로 기차는 벨기에 국경을 넘습니다.

배낭여행을 다니면서 덤으로 얻는 재미가 있다면

여권에 출, 입경 스탬프를 모으는 것이다.

특히, 배낭을 짊어지고 육로로 국경을 넘으면서 스탬프를 받을 때의 기분은

정말 신기하면서도 짜릿한 쾌감마저 든다.

그런데 유럽 여행에는 이런 재미가 없다는 게 참 아쉽다.

내가 처음 육로를 이용해 스탬프를 받은 곳은 인도와 네팔 국경이었다.

인도 고락푸르^{Gorakhpur}를 거쳐 네팔 룸비니^{Lumbini}로 갈 때였는데

긴장감이라고는 전혀 없는 허술하고 신기한 국경에 한동안 어리둥절했다.

양쪽 출입국 사무소 앞에는 꿩총을 맨 경비원들이 삼삼오오 모여

연기를 폭폭 뿜어 대며 담배 피우기에 열중하고 있었고

차량과 사람들은 아무런 제제를 받지 않고 자유롭게 왕래하고 있었다.

하물며 소와 개는 말할 것도 없고. 하마터면 나도 그냥 지나갈 뻔했다.

시골 경비초소 같은 인도 출국 사무소에는 머리에 터번을 두른

콧수염 아저씨들 몇 사람이 앉아 아무 일도 아니라는 듯

나와 여권의 사진을 무심히 바라보고

무심히 스탬프에 도장을 툭 때려 주었다.

잠깐 어리둥절했던 나도 무심히 10여 미터의 인도 국경을 넘어

무심히 사진 한 장과 체류 일정에 맞는 몇 푼의 돈을 내고

네팔 입국 스탬프를 또 툭 받았다.

그 뒤 나는 여권에 스탬프 쌓여 가는 재미에 빠져

가급적 육로로 국경을 지나는 동남아시아로, 남미로 여행을 떠났다.

인도와 네팔 국경, 고락푸르에서. 2010년

"저게 오줌싸개 동상이야?!!"

벨기에 와플 위에 듬뿍 올린 크림 토핑을 입가에 가득 묻힌 슬기가
너무 앙증맞은 크기에 놀라 스스로에게 반문하듯 던진 말이다.
사실 사람들이 모여 있지 않았다면 그냥 지나칠 뻔했다.
딱 내 팔뚝만 한 크기의 청동으로 만든 오줌싸개 동상이
전라全裸로 두 무릎을 약 15도 각도로 앞으로 내민 자세에서
두 손으로 고추를 쥐고
관광객들을 향해 쉴 새 없이 오줌을 갈기고 있다.

이를 보기 위해 세계 각지에서 온 사람들은
동상을 배경으로 사진 찍기에 여념이 없다.
슬기도 손가락으로 고추를 만지는 시늉을 하며 사진을 찍는다.
아마 유럽에서 영원불멸 최고의 인기 스타임에 틀림없다.

참 이들이 부럽다.

건물 하나, 다리 하나, 동상 하나라도 허투루 세우는 법이 없다.

그래서 함부로 허물지 않는다.

물론 자연도 함부로 대하지도 않는다.

이것들에 인간이 좋아할 만한 이야기나 의미를 부여하기도 한다.

그래서 세월이 흐르면 그냥 자연이 되고, 역사가 되고,

옛 이야깃거리가 되어 사람들을 불러 모은다.

도심을 느릿느릿 움직이는 전차처럼 유럽의 시간은 천천히 흐른다.

오늘도 재개발이란 미명 아래 상업적 이익에 눈멀어

옛 것을 부수고 마천루를 올리는 우리가 부끄럽다.

수십 년 후 이 마천루는 어떻게 할 건지 심히 걱정이 되기도 한다.

아내는 갱년기를 몇 년째 심하게 겪고 있다.

그 흔한 잠을 못 자 애를 먹는다.

항상 밤 10시쯤 되면 거실 긴 의자 창 쪽 가장자리에 나를 앉힌다.

그리고 무릎을 베고 연속극을 보면서 약간의 선잠을 잔다.

아내가 잠든 것을 보고 텔레비전 볼륨을 최대한 줄인다.

나는 아내가 깨서 침실로 들어갈 때까지 다리가 아파도 꾹 참는다.

여행이 깊어 갈수록 아내에 대한 그리움도 깊어 간다.

저는 딸이 둘입니다.

흔히들 딸딸이 아빠라고 하죠.

좀 젊었을 때 놀림도 꽤 받았습니다.

능력이 그렇게 없냐고요.

그런데 지금은 어때요.

아들 둘은 목메달,

딸 둘은 금메달이라고 하잖아요.

동의하시죠.

저는 두 딸이 너무나 좋습니다.

생각만 해도 기분이 좋아집니다.

다 큰 딸들이 제겐 아직 애기로 보입니다.

뽀뽀도 하고, 엉덩이도 톡톡 두드려 보고.

이러는 저를 보고 아내는 걱정을 태산같이 합니다.

아까워서 어떻게 시집 보내냐고요.

글쎄요.

나보다 좋은 놈이 턱 나타나 인수인계를 정식으로 요청해오면

정말 쿨하게 내줄 겁니다.

물론 화장실에서 눈물 한 바가지 흘리겠지만.

작은 딸 시집가던 날.

애써 참았던 감정들이
이젠 어쩔 수 없는
허허로움으로 다가 오네요.

언젠가 이런 날이
올 줄 알았지만,
어쩜 어려운 문제
하나 풀었다는
홀가분함도 있으련만

마치 소중한 뭔가를
잃었다는 허전함이
더 큰 것이
솔직한 심정입니다.

신혼여행 보내고

집으로 돌아와

늘 그대로 있을 것 같았던

딸애 방문을 여는데

텅 빈 침대가

나를 몹시 슬프게 합니다.

"아, 이젠 품을 떠났구나."

그날 이후

우울증을 동반한 권태기란 놈이

주위를 서성거립니다.

또 세월이란 묘약이 필요하겠지요.

_ 2014. 10.4. 나의 일기에서

참 큰 딸 슬기 얘기를 할게요.

대학시절 건설회사 인턴을 하면서 번 돈으로

해외 배낭여행을 같이 가자고 하대요.

반가우면서도 내심 걱정도 꽤 되더라고요.

배낭여행은 머리털 나고 처음이었거든요.

그것도 무려 50일간의 인도, 네팔 여행이라니.

그러나 든든한 딸의 빽을 믿고,

'오우케이'

집 나가면 개고생이라는 광고카피 아시죠.

고생 엄청 했습니다.

딸내미한테 잔소리도 배가 터지도록 들었습니다.

그런데 인도 참 묘한 나라더군요.

억만금을 줘도 두 번 다시 가지 않는다고 큰소리 뻥뻥 쳤는데

귀국하자마자 스물스물 또 가고 싶어지는 이유는 뭘까요.

마음 비우는 데는 인도 배낭여행이 딱입니다.

혹시 평범한 일상이 무게로 느껴지시는 분 계세요?

인도 배낭여행을 '강추'합니다.

칭찬에 인색한 아내도 저보고 사람 많이 되었다고 분명 그랬습니다.

죽기 전에 딸과 함께 인도를 여행할 수 있는 그러한 행운이 또 올까요?

떠난다는 것은 버린다는 의미이기도 하다.

그 떠난다는 것에는 묘한 노스텔지어가 있다.

떠나는 이유나 방법이야 다르겠지만

궁극의 이유는 버린다는 것이 아닐까.

'헛된' 욕심 나부랭이가 떠난 자리에

없어서 편안한 그 무언가가 자리를 잡는다.

영원히 기억할게.

고마워.

벨기에

#1 파리-브뤼셀 행 기차 타기.

나라에서 나라로, 도시에서 도시로 이동할 때에는 비행기보다는 기차를 타자.
창가로 펼쳐지는 시골 전경이 인상주의 그림과 닮아있다.

#2 반드시, 벨기에 와플 탐험.

버터와 캐러멜의 향미가 진한 둥그스름한 〈리에주 와플〉, 속이 부드럽고 푹신
푹신한 직사각형 모양의 〈브뤼셀 와플〉, 두 가지 스타일의 와플 모두 벨기에서
만날 수 있다. 그럼 이제, 벨기에 와플가게 찾기 놀이 시작!

〈The Waffle Factory〉, 〈Los Churros & Waffle〉, 〈Le Funambule〉, 〈Vitalgaufre〉.

#3 그랑 플라스 앞 거리공연 보고 팁 주기.

유럽 어디에나 길거리에서 공연하는 예술가들을 자주 만날 수 있다. 감상 후에는
부모님이 팁을 전달할 수 있도록 하자. 예술가들이 고마움의 표시로 부모님만을
위한 'Thank you 제스처'를 보낼 것이다.

#4 벨기에 맥주도 good.

부모님이 맥주를 좋아하신다면 벨기에를 빼놓을 수 없다. 500여 개의 브랜드
맥주와 그와 어울리는 전용 잔에 반하지 않을 맥주 애호가가 어디 있겠는가.

맥주로 만나는, 벨기에

맥주의 홍수 속에 무엇을 마셔야 할지 모르겠다면, 수도원 맥주 '트라피스트^{Trappist}'를 추천한다. 트라피스트 인증을 받은 맥주는 세계에서 단 10개. 그 중 6개가 벨기에에 있다. 베스트블레테렌^{Westvleteren}, 베스트말레^{Westmalle}, 오르발^{Orval}, 로쉐포르트^{Rochefort}, 쉬메이^{Chimay}, 아첼^{achel}. 이 맥주들이 어느 지방에서 생산되는지 궁금하다면 벨기에 지도를 펼쳐보자.

벨기에 트라피스트 생산지

http://www.beerforum.co.kr/article_beer/3412

댄싱 위드 파파

Dancing with PAPA

$\vdots$

프랑스 남부

The south of France

:

미안해

"슬기야~ 슬기야~"

시계를 보니, 새벽 5시 10분. 아빠가 방문을 빼꼼 열고 나즈막한 목소리로 나를 부른다.

"응. 준비하고 나가자."

니스Nice로 가는 기차역 플랫폼에 기절하듯 앉아 있는데 아빠는 걱정이 되었는지 커피를 사다주겠다며 일어난다. 혼자 다녀올 수 있냐는 눈빛을 보내니 물건 사는 건 손가락만 있으면 된다고 브이를 그리며, "듀 꺄페 실보풀레."를 입술 모양으로 말한다. 커피도 혼자 살 수 있으니 이제 프랑스 사람 다 되었다고 아빠를 칭찬했다. 으쓱해진 아빠는 총총 걸어가더니 늠름한 장군의 모습으로 뜨거운 커피에 크로아상까지 함께 손에 들고 나타났다.

7시 20분. 드디어 기차가 프랑스 남부를 향해 달리기 시작한다. 나는 빈센트 반 고흐가 화판을 들고 헤맸을 그곳을 막연히 동경했었다. '어떤 곳일까? 많은 예술가들이 찾은 데에는 그만한 이유가 있겠지?' 감상에 젖어 있던 그때 아빠는 휴대폰의 일기장이 이상하다며 내 이름을 불렀다. 집에 고장 난 물건을 전담하는 나름 공대생인 나는 이번에도 여느 때처럼 신중하게 살펴보다 버튼 하나를 눌렀다. 그런데 그로 인해 아빠가 한 시간 동안 독수리 타법으로 적어둔 일기가 지워져버렸다.

아빠는 분명 화가 나셨다. 머리 위로 하얀 김이 보였다. 가방 안에 있던 초콜릿 과자를 슬쩍 내밀며 한 번 적었던 글이니 다시 적어보라고 위로하지만, 아빠는 그때의 기분에 취해 적었던 글이 다시 생각나겠냐며 내게 되묻는다. 설계 마감일 전날, 겨우 아이디어 하나가 떠올라 열심히 도면을 그리고 있었는데 갑자기 컴퓨터가 꺼졌을 때의 느낌. 그 기분을 알기 때문에 아무 말도 할 수 없었다. 미안했지만 내가 해줄 수 있는 것이 없으니 아빠가 적었던 글들이 다시 생각나길 기도하며 조용히 자리에 앉아 있기로 했다.

니스는 파리에서 남쪽으로 한참을 내려와서 그런지 반팔을 입고 돌아다녀도 될 만큼 더웠다. 불과 2주 사이에 런던에서 패딩 점퍼를, 파리에서 얇은 바람막이를, 니스에서 반팔을 입게 된 것이다. 이런 급격한 변화에 놀랐는지 피부가 까슬까슬하다. 아빠와 나의 매력 포인트가 아기 피부였는데, 주인이 온도를 마음대로 바꿔대니 화가 단단히 났다 보다. 우리는 그동안의 두꺼운 옷들을 가방에 억지로 구겨 넣어 더 커지고 무거워진 짐을 들쳐 메고 뒤뚱거리며 예약한 숙소로 걸어갔다.

숙소 예약의 기본 법칙대로 기차역, 지하철역 근처로 숙소를 잡았어야 했지만 해안가 근처로 예약하는 바람에 우리는 꽤 오랜 시간을 걸어야 했다. 서로에게 걱정을 덜 끼치기 위해 무섭다는 표현을 최대한 감추면서 '뭐 이 정도는 거위 솜털이지.' 강한 척 속도를 줄이지 않고 행군했다.

드디어 우리가 머물기로 한 곳이 나왔다. 큰 철문 옆에 붙어 있는 작은 초인종을 누르니 인상 좋은 아주머니가 나와 우리를 맞이한다. 수백 년의 이야기를 담고 있는 것처럼 보이는 이곳은 한때 뮤지션이었던 할아버지가 살고 있었고, 거실 한쪽에는 그의 오래된 악기들과 낚싯대들이 가지런히 놓여 있었다. 해안가의 해삭이 가득 들어오는 방도 마음에 쏙 들었다. 아빠도 마음에 들었는지 이런 곳은 어떻게 예약하는지 궁금해했다. '에어비엔비Airbnb'라는 사이트를 통해 현시인의 집을 예약하면 호텔만큼 안락한 데다 주방도 이용할 수 있고, 무엇보다 그곳에 살고 있는 사람들과 이야기를 할 수 있는 점이 좋다고 설명했다.

푹신한 침대 위에 신발을 벗고 누워 발가락을 꼼지락거린다. 나갈까, 말까, 쉴까, 잘까, 나갈까. 삐걱거리는 2층 철제 침대에 누워있다 넓은 침대로 옮겨 몸을 대자로 뻗으니 휴양지에 온 기분이다. 반바지에 반팔로 갈아입고 몸이 한결 가벼워진 우리는 노래를 흥얼거리며 니스의 해변가를 걷는다. 하얀 거품이 이는 따뜻한 바닷물이 다리를 적신다.

바로 이거다! 파도가 칠 때마다 몽돌몽돌 소리를 내는 동그란 돌들 사이에서 하트 모양을 발견했다. 아빠에게 사진을 찍어 전송한다. 그리고 일기가 지워져 미안하다는 말도 함께 적어 보냈다. 메시지를 발견한 아빠는 괜찮다며 벌써 다 잊었다고 웃는다.

아빠에게 도착한 하트 모양의 조약돌 사진은 곧바로 엄마에게 보내졌다.

오늘 영어가 좀 되네

골골거리는 딸이 걱정되었는지 아빠가 각자 휴식시간을 갖자고 제안했다. 낮잠을 자다 노랫소리에 일어나보니 아빠는 통기타 솜씨를 신명나게 선보이고 있고, 코카콜라 북금곰 얼굴을 한 핀란드 남자는 그 모습을 동영상으로 찍고 있었다. 식탁 위에는 이미 와인 두 병이 비워져 있고, 하얀 얼굴의 핀란드 남자도 까만 얼굴의 한국 남자도 얼굴이 붉은 와인 색으로 물들어 있었다.

아빠가 즐겁게 지내는 모습을 확인한 후 방에 들어와 쉬고 있는데, 방문을 똑똑 두드리며 얼굴을 쏙 내밀더니 핀란드 여행자와 맥주 한잔하고 올 테니 먼저 자라고 한다. 너무 많이 마시지 말라고 잔소리도 하기 전에 아빠는 이미 옷을 갈아입고 방문을 빠져나갔다. 이내 또 곤히 잠들어 있는데 슬금슬금 움직이는 소리가 났다. 평소 잘 보이지 않던 치아가 다 보이도록 웃고 있는 아빠였다. 거울 앞에서 두 손을 허리 위에 올리고 배를 뽈록 내민 채로 뿌듯한 표정을 짓고 있었다. 아빠는 자랑하고 싶은 것이 있었는지 나를 깨웠다. 먼저 물어 보는 센스를 발휘할 때다.

"아빠, 무슨 좋은 일 있었어?"

"나, 이제 영어 진짜 잘해. 공부한 보람이 있어. 천천히 말하기는 했지만 대화가 되더라니까. 정치, 경제, 사회, 문화에 대해 이야기했어. 클럽에 갔는데 외국인 두 명이 우리 자리에 합석해서 신나게 이야기하고 놀기까지 했어."

이 순간만큼은 부모와 자식이 바뀌어, 아빠는 마치 시험 백 점 받아온 아이처럼, 나는 그런 아이를 대견해하는 부모처럼 기뻐했다. 현지인과 자유롭게 대화할 수 있으면 여행의 질이 달라진다는 걸 알게 된 아빠는 영어책을 사서 형광펜으로 줄을 그어 가며 외우기도 하고, 영화를 볼 때 짧은 문장을 따라 하기도 했었는데 그동안의 노력이 빛을 보았나 보다.

옷을 갈아입던 아빠가 나를 부른다.

"슬기야, 이거 봐. 티셔츠 거꾸로 입고 나갔다. 그런데 괜찮아. 잠바를 안 벗었거든."

육십 대의 여행은
자아를 찾아가는 여행이다

아침으로 연어 샐러드와 파스타를 준비했다. 집주인 마누가 사다 준 갓 구운 빵에 방금 개봉한 말랑말랑한 버터를 발라 김이 모락모락 나는 토마토 파스타와 곁들인다. 커다란 창으로 들어오는 이곳의 햇살을 맞으며 나무향이 나는 원목식탁에 앉아 여유롭게 식사를 하는 중이다. 꿈같은 하루의 시작이다.

우리의 식사를 지켜보던 마누가 묻는다. "내가 내일 더 맛있는 파스타를 만들어 줄게. 양송이와 양파를 넣고, 육즙이 넘치는 스테이크도 함께 넣어 만들 거야. 어때?" 우리는 어미새를 보듯 마누를 쳐다보며 좋다고 "YES! YES!"를 외쳤다.

식사가 끝나자 마누는 커피를 마시겠냐며 묻는다. 커피는 내가 끓이겠다고 일어나니 자신이 만들어 주고 싶다고 상냥하게 이야기한다. 마누는 유목민이 쓸 법한 커다란 은색의 모카포트를 꺼내어 커피를 만들었다. 그의 아버지의 아버지가 사용하던 100년이 넘은 모카포트는 살짝 들어간 흠집도 손때도 정겨워 보였다. 차창 밖으로 작은 새 한 마리가 날아왔다. 우리는 커피를 기다리는 동안 쌀을 뿌려주고 작은 부리로 모이를 먹는 그 모습을 지켜보았다.

마누는 젊었을 때 꽤나 잘 나갔던 브라질의 뮤지션이었다고 한다. 젊은 시절 프랑스의 유명 여배우, 브리짓 바르도와 함께 찍은 사진을 보여주며 자랑을 한다.

"그녀가 그날 내게 결혼하자고 몇 번을 이야기하던지, 내가 손사래를 치며 말려야만 했어. 왜냐하면 나는 그때 사랑하던 여인이 있었거든. 담배와 술과 음악에 미쳐 살던 시절이었지."

거동이 불편해 보이는 지금 모습과는 달리 사진 속 이십 대의 마누는 영화배우처럼 잘생겼다. 젊은 시절의 그와 만났다면 나도 반하지 않았으리라는 보장이 없을 만큼 매력적인 눈매를 가지고 있었다. 세월의 스쳐 지나감은 사람을 내적으로 성숙하고 지혜롭게 만드는 동시에 표면적인 매력을 앗아가는 것이 분명했다.

마누가 아빠의 나이를 묻는다. 그리고 육십은 아직 어리다는 표정으로 이삐를 보며 이야기를 이어나갔다.

"젊을 때, 세상을 더 즐겨, 영보이."

'영보이'라는 단어가 마음에 들어 나는 그날 아빠를 영보이라고 불렀다. 그리고 그날 저녁, 아빠가 일기에 적어 놓은 글귀를 우연히 보게 되었다.

육십 대의 여행은 자아를 찾아가는 여행이다.

나한테는 곧 찾을 수 있을 거라 했으면서 아빠는 이제야 자아를 찾느냐며 놀렸지만, 사실 그 글귀를 발견했을 때 너무 기뻤다. 아빠가 삶에 목이 말라 활활 타오르는 용광로 같아 보였다. 나이에 따라 역할에 따라 자아가 변한다면, 아빠도 다음 인생의 스테이지를 더 멋지게 살기 위한 자아를 찾고 있는 것이 분명했다.

누가 이십 대만 청춘이라고 했나.
우리는 아직 뜨겁게 불타는 청춘이다.

손에 라면 한 봉지 가득 들고 있습니다

아빠의 얼굴에서 석가모니의 미소를 발견했다. 귀도 크고 이마도 넓고 머리카락도 꼬부랑한데 오늘은 미소까지. 아아, 눈이 부셔서 쳐다볼 수가 없다 누가 우리 아빠를 저리도 환하게 웃게 만들었나.

오늘의 하이라이트는 50년대 헐리우드 청춘의 여신 그레이스 캘리가 먼 이국 작은 나라의 왕에게 시집 올 만큼 매력적이었던 하얀 해변가의 나라 모나코도, 성벽 마을을 예술가의 마을로 꾸며 어느 곳을 찍어도 화보 같은 사진을 보여준 에즈빌리지^{Eze village}도 아니었다. 그 두 곳이 좋지 않았다는 것은 아니다. 당일치기로 보기 아까울 정도로 예쁜 그곳에서 아빠는 이번에도 엄마에게 그레이스 캘리가 그려진 엽서에 편지를 적어 보냈다.

에즈빌리지에서 니스로 돌아오는 버스에서 반가운 인연을 만났다. "한국인이시죠?" 먼저 인사를 건넸던 정무는 좋은 곳으로 안내하겠다며 버스에서 내리자는 신호를 보냈다. 그리고 그는 우리를 천국으로 인도했다. 이름하여 '아시안마트'

아빠는 라면이 수북하게 쌓인 선반을 보물창고 보듯 쳐다보며 몇 개를 사야 할까 행복한 고민 중이다. 다음에 옮길 숙소도 취사가 가능한 곳이니 원하는 만큼 사기로 했다. 한 봉지에 이천 원 정도. 한국과 비교해서 조금 비싼 건 맞지만, 우리 둘에게 라면 스프의 맛은 미슐랭으로부터 인정받은 셰프가 와도 따라잡지 못하니 비싼 것이 아니라는 결론을 내렸다. 나름의 이성적인 판단으로 두 팔에 꼭 안아 들 수 있는 만큼 아빠는 라면을 들고 나왔다.

노란 비닐에 들어 있는 빨간 라면 봉지가 아빠 손에서 춤을 춘다. 니스 공원 놀이터에서 꼬마 아이들이 노는 모습보다, 시원한 나무그늘 아래 춤을 추고 있는 뮤지션보다 라면을 들고 있는 아빠의 뒷모습이 더 행복해 보인다.

부모가 만든 최고의 작품

아비뇽^{Avignon}의 노천카페에서 아이스크림을 먹는 중이다. 네다섯
살쯤 되어 보이는 작은 아이들이 광장 위로 흩어진 비눗방울과 함께 향해 뛰어
놀고 있다. 그 옆으로 부모들이 사랑스런 눈빛으로 아이의 웃고 있는 찰나의
모습을 사진으로 담고 있다.

작은 도시로 온 덕분에 오랜만에 할 일이 없어져버렸다. 이럴 때는 먹고, 쉬는
것이 최고지. 점심시간이라 아직 붐비는 레스토랑에 들어가 그냥 스테이크
시키라는 아빠의 충고에도, 프랑스라는 이유로 푸아그라(거위 간) 요리를
시켰는데 내 입맛에 너무 비려 한입 먹고는 먹는 둥 마는 둥 깨작거리고 있었다.
순대 간 같은 식감까지는 그럭저럭 괜찮았는데 삼킨 후 남는 향이 식욕을 잃게
했다. 아빠는 아깝다며 스테이크 소스를 발라 내 것까지 다 먹고는 직접 요리를
해주겠다며 시장에 가자고 한다. 아빠는 조금씩 말라가는 딸이 걱정되었나 보다.

아빠는 시장에서 사온 육질 좋은 스테이크와 버터 그리고 와인을 함께 넣어 굽고, 미역국을 넣은 호화로운 라면을 끓여주었다. 역시 아빠 음식이 최고다. 하나도 남김없이 깔끔하게 해치웠다. 우리 둘은 음식을 배부르게 먹고는 해가 질 때까지 쉬기로 했다. 누워서 노래를 틀어 놓고 와인에 엄마가 넣어준 말린 망고까지 먹은 우리는 세상 부러울 것이 없는 청춘 둘이었다.

저녁 8시쯤, 그래도 여기까지 왔는데 해 질 녘 풍경도 봐야 하지 않을까 해서 밖에 나가 보았더니, 조금 전에 무대가 끝난 듯한 서커스 공연단이 짐 정리를 하고 있었다. 한 부부가 크루와 아는 사이인지 자신의 작은 딸을 잠시 맡긴다. 그는 아이가 관심을 보이는 두발 자전거 타는 법을 알려주었고 아이는 지켜보는 부모와 자신을 십나子고 있는 크루를 믿고 넘어지는 것에 대한 두려움 없이 계속해서 시행착오를 반복한다.

조금씩 넘어지는 횟수가 줄어든 아이는 부모님을 향해 이름하여 '나 보고 있지?' 하는 자신만만한 표정을 날린다. 열 번 넘어지다 한 번 일어날 때면 부모들은 환희의 미소와 함께 자신들이 할 수 있는 최고의 칭찬을 아이에게 해준다. 심지어는 주변 사람들에게 아이가 드디어 제 힘으로 설 수 있음을, 제 힘으로 걸어 다닐 수 있음을 자랑한다.

그래서 아이들은 호기심이 많은가 보다. 넘어져도 혼이 나지 않고, 일어나면 칭찬 받으니까. 부모의 시선이 더 오래 머물수록 아이는 힘이 난다. 믿어주는 사람이 있으면 결국에는 잘할 수밖에 없는 것이다.

부모는 아이에게서 한시도 눈을 떼지 않았다. 엄마 아빠도 나를 저런 눈빛으로 바라보겠지. 왜 어른들은 나이가 들면 들수록 자신보다 자식 이야기, 손주 이야기를 더 많이 하는지 이해가 가지 않았었다. 심지어 그렇게 자기 자신에 대해서는 할 말이 없나 라는 생각을 한 적도 있었다.

나는 몰랐었다. 자식은 부모가 만든 최고의 작품이라는 것을. 가장 공을 많이 들이고, 가장 마음을 많이 쓴 자신들의 작품, 자신을 녹여서 만든 최고의 작품이라 우리의 이야기가 곧 자신들의 이야기라는 것을.

여전히, 나는 모르는 것이 많다.

우리 행복하자

내 다리는 생각보다 길었다. 두 명이 잘 수 있다고 해서 온 숙소는 2층 높이의 침대 아래에 2인용 소파가 놓여있었다. 아빠를 침대로 올려 보내고 소파 위에 새우처럼 웅크려 잤는데 아침에 일어나니 다리에 쥐가 나 펴지질 않았다. 콧등에 침을 바르고 고양이 소리를 내봐도 별 효과가 없었다. 우두둑. 일어날 때 몸에서 뼈들이 부딪히는 소리가 난다. 창밖으로 어둠이 걷히고 밝아지는 것을 바라보며 스트레칭을 했다. 아빠가 잘 잤는지 묻는다. 난 하얀 거짓말을 했다. "응, 엄청 잘 잤어. 소파가 편하더라고."

아빠는 호밀 빵에 달걀을 적셔 프렌치토스트를 만들었다. 복숭아 요거트와 말린 망고를 잘라 넣어 만든 샐러드와 와인까지 곁들여진 거한 아침상이 차려졌다. 한 입 먹으려고 하자 아빠가 서운한 표정으로 사진은 안 찍느냐고 묻는다. 평소에는 요리 사진을 찍을 때 촌놈이라고 놀리고, 음식 식는다면서 먹어도 되는지 재촉하던 아빠가 맞나 쳐다본다.

아빠가 '내가 차린 요리잖아. 얼른 예쁘게 찍어줘.' 눈빛을 쏜다.

찰칵.

아침을 든든히 먹고 고흐의 도시, 아를^{Arles}로 향한다.

"내가 여기 앉아 있다니!!!"

우린 고흐의 그림 속에서 빛나던 밤의 카페 테라스에 앉아 있다. 잠시 사진만
찍고 가기에는 발걸음이 떨어지지 않았다. 소문에 음식이 별로라고 했지만
분위기가 음식 맛을 좌우한다면 맛이 없지 않을 것이며, 그렇다 한들 아무래도
상관없었다. 지금, 이곳에, 우리가 존재하고 있다는 것만이 중요한 사실이었다.
아아, 여기에서 고흐가 독한 압셍트^{absinthe} 한 잔을 시켜놓고 앉아 있었겠지? 지금
내가 앉아 있는 이 자리에도 앉았던 적이 있었을까? 무슨 생각을 하고 있었을까?
색상에 대해? 붓 터치에 대해? 싸우고 떠나간 폴 고갱^{Paul Gauguin}에 대해? 동생
테오^{Theo van Gogh}에 대해? 아니면 새로운 주제에 대해? 어제 완성해 놓은 그림의
추가 할 부분이 떠올랐을까? 그것도 아니라면 밀린 월세에 대해? 모든 것이
궁금해졌다.
담배를 꺼내 피우는 아빠를 쳐다본다. 간절히 오고 싶었던 곳에 왔을 때,
상상치도 못한 광경을 보았을 때, 그 순간을 영원히 잡고 싶을 때, 이때 담배는
내게 하나의 상징이 된다. 그것을 잘 알고 있는 아빠는 멘솔 담배 한 개비를 내게
내밀었다.

나를 두고 오다.

빛이 한 조각의 나를 과거의 고흐에게 데려다 주길 바라며.

반 고흐, 나도 그처럼 삶을 향유하는 아티스트가 되길 기도하며 글을 적어본다.

아빠가 사진기의 셔터를 누른다.

찰칵.

_ 2015.5.1. 밤의 테라스에서 아티스트를 꿈꾸다.

20분이면 나온다는 음식이 한 시간 만에 나왔어도, 닭볶음탕인줄 알았던 음식이 빠에야였어도, 하나만 시킨 음식이 두 개가 나왔어도, 모든 것이 느리고 원하는 대로 주문이 나오지 않아 마르세유로 가는 기차를 놓쳐야 했지만 그냥 이곳에 있다는 것 자체가 좋아서 모든 시간이 기분 좋게 흘러갔다.

글을 쓰고 있던 나를 가만히 지켜보던 아빠가 말을 꺼냈다.

"나는 네가 돈키호테 같은 걸 알아. 여행이 좋으면 여행을 하면서 살고, 하와이에서 살고 싶으면 하와이로 가고, 아빠가 보고 싶으면 찾아 갈게. 너무 고민 말고 마음이 말하는 대로 살아. 아빠도 그렇게 하고 싶었는데, 그게 참 힘들더라. 마음의 소리를 들으려 하지 않으니 한 순간부터 들리지 않더라. 아니 감추고 살았지. 인생은 한순간이야. 느리다고 생각되지만 시간은 과녁에 쏘아진 화살처럼 빨라.
딸, 하고 싶은 걸 하고 살아. 필요할 때 든든한 지원군이 되어 줄게."

찡해서 눈물이 핑 돌았다. 하늘을 쳐다보고 눈을 끔뻑거리며 아무렇지 않은 척 대꾸했다.

"마음만 지원해줘. 그걸로 충분해.
나는 엄마 아빠도 하고 싶은 거 하면서 살았으면 좋겠어. 인생은 짧다며?
아끼지 말고, 물려줄 생각도 하지 말고. 지금까지 즐기지 못했던 거 즐기며
살아."

우리 행복하자.

상대적 '덜 있음'에 불행하다.
남과 비교함에서 오는
우리는 없어서 불행한 것이 아니라

네팔 카트만두. 2014년

슬기가 저 만치 걸어간다.

바지 엉덩이 부분에 Happy Smile이란 글씨가 가로로 써져있다.

엉덩이가 실룩거릴 때마다 해피스마일도 묘하게 실룩거린다.

누구의 아이디언지 기발하다.

웃음이 픽 나온다.

슬기는 꾸밈이 없다.

화장품이나 예쁜 옷에는 도통 관심이 없다.

늘 그냥 그대로 세수한 얼굴에 간단한 로션만 바르고

옷도 어디를 가든

제 편한 데로 입는다.

그런데 뒤따라가는 나의 마음은 늘 편치만은 않다.

아름답게 화장하고 예쁘게 차려입고

그 옆에 멋진 사내놈 하나 달고

도란도란 이야기 나누면서 걷는 모습을 보고 싶다.

프랑스 남부의 니스 해변에 위치한 현지 민박집입니다.

조금만 나가면 시원스레 포말을 내뿜는 파도와
흰 구름이 소담스럽게 그림을 그리는 푸른 하늘
곡선의 해변을 따라 들어선 고풍스런 건물들
그리고 지중해를 꼭 빼 닮은 사람들이 한가로이 거니는
니스 해변이 있습니다.

작은 자갈로 이루어진 해변은 파도가 지나치면
간지럽다는 듯 자그르르 예쁜 소리를 냅니다.

현지인 민박집은 방이 세 칸인 아주 오래된 집입니다.
주인 마누, 핀란드 Guy 그리고 우리 부녀가 하나씩을 씁니다.
물론 식당 겸 휴게실, 부엌, 화장실은 공용입니다.

아침, 저녁으로 우아한 중년의 프랑스 여인이
방긋 웃으며 청소를 하러 오기도 합니다.

우리가 있는 방으로 들어가기 위해서는
옛날 고방 열쇠 같은 걸로 네 번이나 문을 여는
불편함도 아울러 감수하여야 합니다.

도착한 날 마누와 핀란드 Guy로부터 저녁식사 초대를 받았습니다.
포도주에 빵과 치즈, 음료와 약간의 과일을 먹으며
밤이 늦도록 담소를 나누는 즐거운 자리였습니다.

추위를 피해 프랑스 남부로 도망쳐 온 핀란드 Guy는 낮 동안 잠을 자고
밤만 되면 멋지게 빼입고, 해변의 바를 전전하다 새벽에 들어옵니다.
뭐 하는 사람인지는 물어보지 않았습니다.

마누 이야기를 하겠습니다.

드럼 연주자였던 마누는 본래 브라질 사람으로 이 민박집 주인입니다.
심장이 좋지 않은 마누는 68세인데 훨씬 늙어 보입니다.
한때 영화배우 브리짓 바르도와 염문을 뿌리기도 했다며
같이 찍은 빛바랜 사진과 신문 기사를 보여 줍니다.

특히 딸 이야기를 할 때는 눈빛마저 흔들립니다.
딸은 브라질 유명 모델인데 잡지에 실린 딸의 사진을 보여주며
자랑하는 모습이 좀 안쓰럽기도 합니다.
자신은 병든 몸으로 천 리 먼 길 와있는데
딸이 눈에 밟힐 겁니다.

늙고 병들면 젊었을 적 화려했던 추억을 먹고 살거나
자식 자랑하고 사는건 어느 곳이나 다 똑같은 것 같습니다.

내일 떠나는 우리 부녀를 위해
마누가 부엌에서 파스타를 만들고 있습니다.

내일 아침에는 마누와 진한 이별 포옹을 해야겠습니다.
또 하나의 인연을 만듭니다.

지난 몇 년간 뭐에 홀린 듯이
배낭 하나 달랑 둘러메고 여기저기 돌아다녔다.

그냥 여행이 좋았다.

우연히 맛 들인 배낭여행은 강한 중독으로 내게 다가 왔다.
의복이 남루해지고, 얼굴에 거뭇거뭇 수염이 자리 잡고
몸속의 기름기가 빠질 때쯤이면
낯선 곳에서의 두려움은 사라지고
대신 자유의 희열이 자리를 차지한다.

이때쯤 삶 속의 숨은 그림들이 비로소 보이기 시작한다.

배낭여행은 뭐라 해도 자유로움 그 자체이다.
누구한테 간섭받을 필요 없이 공간과 시간으로부터의 자유.
낯선 곳에서 보여지는 것들이 공기처럼 몸속으로 스며들면
비로소 아집과 독선으로 가득 찬 자신을 보게 된다.
그리고
스스로 비워지는 자유를 느낀다.

지중해가 훤히 내려다보이는 모나코 왕궁 앞 벤치에 앉아
골목길 아담한 우체국에서 구입한 그림 엽서에다
아내와 작은 딸 수미에게 내 마음을 담습니다.

"그립다. 고맙다. 잘할게. 사랑해."

떠나올 때 아내가 한 말이 귀에 남습니다.

"집 걱정, 돈 걱정하지 말고 슬기와 추억 많이 쌓고 와."

자신에게는 인색한 사람이 나에게는 너무나 관대합니다.
바로 옆에서 작은 입을 오무락거리며 슬기도 엽서를 쓰고 있습니다.
아마도 나와 똑같은 마음일 겁니다.

오래 만에 부산에 눈이 많이 내렸습니다.

슬기는 출근 준비를 하고 있습니다.

아내는 나에게 전철역까지 바래다주라고 합니다.

정녕 바라는 바입니다.

내 마음을 잘 알아주는 아내가 고맙습니다.

슬기의 손이 내 손안에 있습니다.

따뜻한 온기가 느껴집니다.

살짝 손에 힘을 주어 봅니다.

슬기도 곧바로 화답을 보내옵니다.

돌아오는 길에 슬기가 쥐어 준 카드로

창가에 앉아 맥모닝을 먹을 예정입니다.

그리고 이렇게 속삭일 겁니다.

고마워, 사랑해.

_ 2010.1. 나의 일기장에서

골목길 조그만 광장 카페 창가에 예쁜 꽃들이 매달려있다.

고흐의 〈밤의 카페 테라스〉의 배경이 된 '카페 반고흐'

시공을 넘어 100여 년 전으로 돌아간다.
슬기와 나는 맨 앞 오른쪽 테이블에 앉는다.
주문을 챙기는 흰옷을 입은 종업원이 서 있다.
고흐는 저 만치에 캔버스를 놓고 붓질을 한다.
고흐의 손 위로 빛이 소용돌이치며 이글거린다.

서양 미술사에 고흐만큼 나에게 강한 인상으로 다가온 화가는 아직 없다.
중학교 때 본 고흐의 자화상과 함께 덧붙은 글,

스스로 귀를 자르고, 정신병원에 입원, 총으로 자살 시도, 37세에 요절.

"그래, 명작은 불행한 작가로부터 나오는 법이지.
배부른 돼지가 소크라테스가 될 순 없잖아."

맥주 한 병과 점심특선을 주문하고 담배 한 대를 피워 문다.
한 무리의 여행객이 카페를 배경으로 사진 찍기에 여념이 없다.

그들의 얼굴이 고흐가 된 것 마냥 상기되어 있다.

틀림없이 우리 부녀의 모습이 〈밤의 카페 테라스〉 그림 속 인물처럼

저 사진의 한 귀퉁이를 차지할 것이다.

> "조금만 여유를 가져 보면 세상은 좀 쉽게 보여.
>
> 딸아, 바른 눈으로 세상을 보고, 너 하고 싶은 일 하고 살아.
>
> 자식의 즐거움이 부모의 즐거움이거늘.
>
> 늘 곁에서 응원할게."

고흐가 입원했던 정신병원에는 노란 빛이 정원을 가득 메우는데

고흐는 간 데 없고

그때처럼 자색의 수선화만 한창이다.

꿈은 꿈일 뿐이다.

늘그막에 뭘 해보고 싶으냐고 물으면
열에 아홉은 전원생활과 여행을 이야기합니다.

그런데 막상 그때가 와도 그렇게 하질 못합니다.
왜 그럴까요?
오랜 세월 형성된 정형화된 틀 속에 갇혀 옴짝달싹 못함이 아닐까요?

안 되는 수 만 가지의 핑계를 생각해내며
이것은 이래서 저것은 또 저래서
물론 경제적인 이유를 전가의 보도(傳家의 寶刀)처럼 꺼낼 수도 있습니다
(참 그 놈의 돈 신물 날 때도 됐건만).

그런데 말입니다.
우리 앞에 주워진 시간을 생각해 보세요.
머뭇거릴 여유가 없습니다.

꿈은 이를 실천하는 사람에게만 그 의미가 있습니다.
설사 그것을 완전히 이루지 못하더라도.

여행은 기억의 곳간에 추억을 쌓아가는 것.
언젠가 내 새끼의 새끼를 무릎에 앉혀 놓고
그 추억으로 따뜻한 이야기의 불을 지피리라.

꼭 그렇게 할게. 고마워.

인생은 찰나인 것. 가을 잠자리 날개 짓보다 짧은 것.

라오스 루앙프라방. 2013년

슬기의 표정이 어둡습니다.

심지어 심통도 부립니다.

이유는 묻지 않습니다.

왜 저라고 늘 즐겁기만 하겠어요.

이 땐 그냥 가만히 있는 게 상책입니다.

조금만 있으면 밝은 얼굴로 돌아온다는 걸 알고 있기 때문입니다.

아비뇽에서 스페인 바르셀로나로 가는 기차 안입니다.

테제베 1호차 맨 앞대가리에 붙은 조그만 칸,

서로 마주 보고 각 4명씩 8명이 정원인 칸,

서양 늙은이들은 동양인 우리 부녀를 신기한 듯 바라봅니다.

나도 신기하기는 마찬가지입니다.

의자는 고정인데 등을 기대면

무릎이 앞으로 나와 서양인과 서로 맞대입니다.

그럴 땐 서로 보고 씩 웃습니다.

창 밖을 스쳐가는 풍경을 보며 아내에게 편지를 씁니다.

네팔 랑탕. 2014년

아내에게

지금 프랑스 아비뇽에서 스페인 바르셀로나로 가는 기차 안이야. 차창 밖으로 붉은색
지붕들이 옹기종기 모인 시골 풍경이 흰 구름과 함께 아름답게 펼쳐지고 있네.
천사의 날개 같은 구름도 보이고, 멀리 눈을 머리에 인 산도 보이네. 아마도 프랑스
국경을 넘었을라나. 당신도 알다시피 유럽은 돌아다니는 데 마치 한 나라 같아.

당신은 집순이로 집을 지키고 있는데. 나는 이렇게 유럽을 여행하고 있네.

당신에게 먼저 무슨 말을 할까 한참 고민하다가 "고맙다. 다행이다. 당신이 내
아내라서."라는 말을 떠 올리는데 갑자기 그리움과 함께 가슴이 싸해지대.

내 나이 28, 당신 나이 23살 정말 꽃다운 나이에 서로 부부의 연을 맺고 어언
33년이라는 세월이 흘러버렸네. 참 바삐도 살아 왔지.

아무것도 없는 살림에서 시작하여 두 딸 낳아 기르며 당신 알뜰히도 살아 왔어.
물러터진 나 만나 헤진 옷 입으며 정말 고생 많았지. 오늘 우리가 누리는 이 행복
모두 당신 덕분이라는 걸 잘 알아.

이젠 당신의 곱던 얼굴에도 주름이 들어서고 크고 고운 눈은 인고의 세월을 견딘

흔적으로 가득하지. 거울 앞에서 흰 머리카락을 새치로 생각하고 뽑다가 뽑다가, 이젠 세월의 흐름을 인정하고 체념했다는 것도 알아.

나도 한때 머리숱이 많아 솎아 내기도 했는데 이젠 백발에 떨어지는 머리카락 한 올도 천금같이 느껴져. 나이보다 어려 보인다는 말도 이젠 전설이 되고, 버스나 지하철을 타면 간혹 자리를 양보 받기도 해.

그렇다고 당신 후회하지 않지? 나도 물론 그래. 언젠가 당신, 다시 태어나면 나와 절대로 결혼하지 않겠다는 말 했을 때 좀 섭섭했어. 왜 당신이 그랬잖아. 그래도 길들여진 사람이 낫다고. 나 당신에게 엄청 길들여졌어. 그러니 다음 생에도 딴 놈에게 눈 길 주지마.

참 그리고 둘이 만나 목숨을 주어도 아깝지 않은 보물 둘을 두었잖아. 때론 미울 때도 있지만 크게 애 안 먹이고 잘 커 준 우리 새끼들 말이야.

표현은 좀 거칠지만 자기주장이 뚜렷한 슬기. 좋은 직장 다니면서 멋진 놈 떡하니 만나 결혼하고 아이 낳고 그냥 평범하게 살면 얼마나 좋아. 당신도 알다시피 내가 아이를 좀 좋아해? 그 힘들게 들어간 직장 그만두고 자기 하고 싶은 일 찾겠다고 했을 때 솔직히 당신 많이 놀라고 걱정했지? 나도 겉으론 당신 안심 시키려고 "우리 새낀 그렇게 몰라? 믿고 응원해주자. 나는 더 잘 될 거라고 확신해"라고 했지만 사실 나도 겁이 났어. 말릴 수 있다면 그러고 싶었어. 그런데 그럴 수 없다는 걸 알았지. 우선 자식부터 살려야 되겠다 생각했지. 직장 생활 내내 힘들어 했다는 걸 당신도 알잖아. 한밤 늦게 슬기의 울음 섞인 전화를 받고 가슴이 찢어지는 것 같았어. 서울에서 혼자 얼마나 힘든 시간을 보냈을까. 이젠 슬기도 예전의 밝은 모습으로 돌아온 것 같아. 제 길을 찾아 가면서 또 다른 시련도 겪겠지만, 잘 극복해 나갈 수 있도록 우리 열심히 응원해 주자. 응?

그리고 우리 막내 수미. 수미는 참 쉽게 커 주었어. 우유도 잘 먹고, 잠도 잘 자고, 노는 것도 천생 여자였지. 인형, 머리핀, 헤어밴드, 예쁜 가방들 참 열심히 사다 날랐지. 그때 그 기쁨이 얼마나 컸던지. 대학도 쑥, 취직도 쑥, 결혼도 그렇고. 게다가 우릴 생각하는 마음도 얼마나 각별한지. 당신이 갖고 싶어 했는데 내가 여태 못해준 것, 명품백, 밍크코트 수미가 다 해줬지. 늘 제시간 쪼개어 당신 데리고 여행 다니지. 그런데 자기 것 사는 데는 인색해. 엄마 아빠 것 살 때가 행복하다는데 요즘 이런 애가 어딨어. 예뻐 죽겠지?

다 당신 덕분이야.

이젠 뭐 더 바랄 게 있겠어. 당신 나 건강하면 되고, 늘 같은 방향 바라보고 오순도순 살면 되지. 우리 새끼들 열심히 세상 살아가는 모습을 보면서.

당신 생각하다 보니 어느새 바르셀로나네. 열심히 돌아보고 갈게.

당신이 내 사람이라서 행복해.

_온 세상의 모든 사랑을 담아.

집 떠나면

그리운 사람이 있어서 좋다.

마음껏 그리워 할 수 있어서 좋다.

늘 곁에 있어

소중함이 뭔지 모르고 지낸 것들이

정말 소중한 것인지를 알아서도 좋다.

가지지 못한 것이

소중한 것이 아니라는 섯을

알아서 더 좋다.

비록 인생이 찰나일 지라도

우린 저마다 인생의 예쁜 그림을 그려야 해.

가을 햇살 속의 모든 빛들을 뽑아내어

자신들만의 오묘한 그림을 말이야.

프랑스 남부

#1 다양한 숙소를 경험해보자.

호텔, 게스트하우스, 호스텔, 현지인의 집 등 다양한 숙소 중에 현지인의 집이 부모님의 만족도가 가장 높았다. 현지인의 집 중에서도 집을 통째로 빌려주는 곳이 있고, 함께 생활하는 집이 있는데 그들의 삶에 대해 이야기를 나눌 수 있는 후자를 더 좋아했다(현지인의 집은 '에어비엔비'에서 예약 가능).

#2 휴양지를 제대로 즐길 수 있는 복장도 챙기자.

배낭여행이었지만 한 벌쯤 휴양지에서 입을 옷을 가져왔다면 차려입었다는 기분 덕분에 니스 해변가에서 마셨던 맥주가 더 맛있지 않았을까.

#3 남부지역 도시를 부지런히 둘러보자.

예술가의 마을 에즈 빌리지, 향수의 도시 그라스, 세계 4대 영화제가 열리는 깐느, 소설 『몬테크레스토 백작』의 배경이 되는 이프섬이 있는 항구도시 마르세유, 아비뇽의 유수 아비뇽, 고흐의 도시 아를 등 다양한 색깔의 도시들이 프랑스 남부를 채우고 있다. 각 도시의 저마다의 매력을 부모님과 함께 느껴보자(버스와 기차로 이동이 가능하다).

#4 아를에서 고흐 찾기.

빈센트 반 고흐가 사랑한 마을, 아를. 부모님과 함께 그가 그린 작품들의 배경을 찾아 골목길을 걸어보자. 〈밤의 카페테라스〉, 〈투우를 즐기는 사람들〉, 〈노란집〉, 〈아를병원의 정원〉, 〈아를의 다리와 빨래하는 연인들〉, 〈론강의 별이 빛나는 밤〉. "이 그림의 배경이 여기였어?"하며 좋아하시는 부모님의 얼굴을 볼 수 있다.

#5 그 나라의 언어를 알지 못해도 여행은 할 수 있다.

물건을 살 때, 음식을 주문할 때 부모님이 하실 수 있도록 기회를 드리자. 손가락 몇 개와 얼굴 표정으로도, 엉성한 문법의 간단한 영어로도, 대화를 할 수 있다는 것을 직접 경험하시면 확실히 여행의 자신감이 붙을 것이다.

진짜 여행의 시작

진짜 여행은 여행이 끝나는 순간 시작된다.

그것이 우리가 여행을 갈망하는 이유이다.

───── 라이팅홀릭

함께 글을 쓴 시간은 함께 여행을 한 시간보다 더 다이내믹했다.

한국으로 돌아와 아침에 눈을 뜨고 잘 때까지, 우리는 무엇에 홀린 사람처럼 글을
썼다. 자신에게, 사랑하는 이들에게, 그리고 아빠는 나에게, 나는 아빠에게 하고 싶은
이야기들을 일기를 쓰듯이 솔직하게 담아냈다. 그렇게 한동안 아빠와 나는 지난 60년과
30년을 기록하고 서로에게 보여주며 웃기도 하고 소리 내어 울기도 하며 치유의 시간을
가졌다.

우리는 쓰고 싶은 문장이 생각나지 않는다는 것을 핑계로 함께 영화를 보고 산책을
하고, 음식을 만들어 먹었다. 한번은 영화관에서 영화를 보고 있는데 내 귓가에 '유레카'를
속삭이며 뛰어나가는 아빠를 따라 나온 적도 있다. 한참 동안 서서 휴대폰 메모지에 책에

담을 문장을 적은 아빠는 다행히 '문장들이' 도망가지 않았다며 뿌듯한 얼굴을 보였다.

우리는 함께 서점도 자주 갔다. 집 앞에도 서점이 있지만 더 큰 서점에 가보자는 구실로 버스를 타고 시내로 나가 시장에서 이천오백 원짜리 칼국수를 사먹으며 행복해했다. 서점에서 우리가 함께 만드는 책이 어떤 모습으로 나오면 좋을지 상상했다. 책의 무게부터 시작해서 손에 잡기 편한 크기, 폰트와 디자인, 일러스트까지 고민하며 하나씩 정해갔다. 그리고 그것들이 조금씩 모여 책의 형태로 바뀌어 가는 모습들을 보며 기뻐했다.
함께 여행하고, 글을 쓰고, 고민하고, 울고, 웃던 모든 과정의 시간들이 더없이 소중하고 생각한 것 이상으로 즐거웠다. 아빠와 나의 오랜 꿈이었던 작가가 되어 글을 쓰는 작업에서 희열을 느꼈다.

확실히 좋아하는 것 하나를 찾았다.
우리는 또 다시 여행을 떠나고, 글을 쓰게 될 것 같다.